D1432880

Les loups de Masham

ANNULÉ

Pas besoin de crier au loup avant d'aller
sur le site : www. Soulieresediteur.com

Du même auteur
chez le même éditeur
Retrouver Jade, roman, 2003.
Orages en fin de journée, roman, 2005

Chez d'autres éditeurs
Envie de vivre, éditions de la Paix,
  Prix Excellence 2006
L'Univers comme jardin, roman, éd. du Vermillon,
  2002.
La semaine des diamants, roman, éd. du
  Vermillon, 2001.
Le chien de Shibuya, roman, éd. du Vermillon,
  2000.
Le fleuve des grands rêves, roman, éd. du
  Vermillon, 1999.
Les ailes de lumière, roman, éd. Pierre Tisseyre,
  1998.
La main du temps, roman, éd. du Vermillon, 1998.
Le jour de la lune, conte, éd. du Vermillon, 1997.
La traversée de la nuit, roman, éd. Pierre Tisseyre,
  1995.
Le sourire des mondes lointains, roman, éd. Pierre
  Tisseyre, 1995.
Moi, c'est Turquoise, roman, éd. Pierre Tisseyre,
  1994.
Le secret le mieux gardé, roman, éd. Pierre
  Tisseyre, 1993.
Du jambon d'hippopotame, roman, éd. Pierre
  Tisseyre, 1992.
Le baiser des étoiles, roman, éd. HMH, 1992.
Parlez-moi d'un chat, roman, éd. Pierre Tisseyre,
  1992.
L'insolite. Les records, nouvelles, éd. FM, 1991
Tu peux compter sur moi, roman, éd. Pierre
  Tisseyre, 1990 ((traduction japonaise, 1993).

Site Internet: www.jfsomain.ca

Jean-François Somain

Les loups de Masham

SOULIÈRES ÉDITEUR

case postale 36563 — 598, rue Victoria
Saint-Lambert (Québec) J4P 3S8

Soulières éditeur remercie le Conseil des Arts du Canada et
la SODEC de l'aide accordée à son programme de publica-
tion et reconnaît l'aide financière du gouvernement du
Canada par l'entremise du Programme d'Aide au
Développement de l'Industrie de l'Édition (PADIÉ) pour ses
activités d'édition. Soulières éditeur bénéficie également du
Programme de crédit d'impôt pour l'édition de livres –
Gestion Sodec – du gouvernement du Québec.

Dépôt légal: 2006
Bibliothèque nationale du Canada
Bibliothèque nationale du Québec

Données de catalogage avant publication (Canada)

Somain, Jean-François

Les loups de Masham
(Collection Graffiti; 35)

Pour les jeunes de 11 ans et plus.

ISBN-13: 978-2-89607-044-2
ISBN-10: 2-89607-044-3

I. Titre. II. Collection.

PS8587.O434L68 2006   jC843'.54   C2006-940810-6
PS9587.O434L68 2006

Illustration de la couverture :
Carl Pelletier

Conception graphique de la couverture :
Annie Pencrec'h

1

LES LOUPS

UNE MEUTE DE LOUPS COURT DANS LA FORÊT. ILS SONT UNE DIZAINE, TOUS BEAUX, AGILES, RAPIDES. L'OBSCURITÉ ne les ralentit pas. Ils connaissent ces bois par cœur et foncent droit devant eux dans la complicité du clair de lune.

Qui sait d'où ils viennent ? Qui sait où ils vont ? Ils ne se posent pas de telles questions. Ils surgissent de la nuit et y retourneront. Courir, suivre un élan obscur qui leur vient du fond des temps, courir, sentir leurs muscles bouger, les nerfs tendus, le regard vigilant, les narines dilatées. Courir.

Ils sont vivants. Ils le sentent. Ils sont ce qu'il y a de plus vivant au monde.

Leur course est une danse de joie, une explosion de liberté.

Ce ne sont pas des bêtes douces, affectueuses, domestiquées. Elles ont peut-être aperçu un chevreuil séparé du troupeau. Elles l'ont traqué, le poursuivent, se précipiteront sur lui, les crocs grands ouverts, visant la gorge ou le ventre. Un instant de violence et tout sera fini.

Ce sera un grand festin.

Les loups courent dans la forêt. Des taches noires, blanches, rousses, grises. Ils suivent une piste ou se lancent au hasard devant eux. Sans prendre la peine de s'arrêter, ils avalent les odeurs qui traînent encore dans l'herbe que le gibier a foulée et sur les feuilles qui ont frôlé les flancs d'un animal. Ils comprennent le monde dans son vocabulaire de parfums ténus, fugaces ou persistants.

Les bruits aussi. Ils courent au diapason de tous les sons de la forêt, ils distinguent le battement d'ailes d'un insecte et le martèlement des pieds d'une biche, le crissement d'une branche et le cri d'un écureuil, le vent qui secoue un peuplier, le soupir d'un raton laveur. Ils décodent le langage de la vie sauvage, les sifflements, les appels, les traces des autres bêtes.

L'un d'eux a entendu un lièvre effrayé et saute sur lui. Un autre a aperçu un faisan endormi, un mulot, un renard. Tout leur est bon. Ils ont faim, ils ont toujours faim. Les loups, c'est un profond appétit de vivre, d'aller droit devant soi, prenant au passage les cadeaux de la nature.

Ils se faufilent entre les arbres, gravissent les talus, sautent sur les rochers et sur les souches décharnées, reconnaissant les endroits que leurs proies préfèrent. Ils s'arrêtent parfois, haletants, au bord d'un ruisseau, au bord d'un lac, et lapent à grands coups de langue. Et ils repartent, pleins d'une superbe détermination.

On voudrait pouvoir toucher leurs cuisses, sentir leurs muscles, participer à leur course nocturne, cueillir leur souffle dans la main ouverte, poser la paume sur leur pelage chaud.

De temps en temps, l'un ou l'autre quitte la bande et s'aventure dans une clairière ou fonce dans la broussaille. Ils explorent. Ils s'exercent à chasser, chacun de son côté.

Ils ont aussi leurs jeux. Les plus jeunes observent et imitent les plus vieux qu'ils remplaceront. Les mâles et les femelles s'envoient des signaux en attendant le jour où ils voudront faire bande à part. Ensemble.

Tout à coup, ils tournent sur place et forment un cercle. Ils aboient. Ils chantent. Une autre meute leur répond. Chacune révèle sa présence et marque son territoire.

Les loups dans la forêt. Une grande fête de la vie.

Geneviève sourit dans son sommeil. Elle court avec des loups dans un monde secret, son monde à elle. Elle devient alors une louve, ils sont ses frères et ses sœurs, ils partagent le même bonheur de vivre.

Loin de là, Serge se réveille, mais à peine. Les yeux fermés, il pense encore à la course des loups dans la forêt et veut garder le plus longtemps possible la violente émotion dont il frémit encore.

Ils ne savent pas qu'ils ont fait le même rêve.

Et ce n'est pas la première fois.

2

UN VERRE DE TROP

LE PREMIER LOUP EST APPARU LA NUIT. CLAUDE BROUSSEAU REVENAIT DE GATINEAU À DEUX HEURES DU MATIN. QUELLE belle soirée ! Prendre un coup avec des amis en regardant des danseuses, que peut-on demander de mieux ? Et puis, deux fois par mois, ce n'est pas excessif.

Ses compagnons ont essayé de le retenir à la sortie du dernier bar. Comme il n'y a pas de service d'autobus entre Gatineau et Masham, ils lui ont conseillé de prendre un taxi. C'est bien beau, mais ils n'étaient pas prêts à payer le voyage, sans doute cinquante ou soixante dollars. D'ailleurs, il n'est pas vraiment saoul, il n'a eu aucune difficulté à insérer la clé dans la serrure, à boucler sa ceinture, à démarrer, à quitter le terrain de stationnement.

Il s'engage maintenant sur la route 5. Il dépasse facilement trois ou quatre voitures, à droite comme à gauche, et sourit, content de ses réflexes. Après le carrefour du Casino, l'autoroute est déserte. Il fonce.

La voiture se met soudain à zigzaguer, dérape, frôle le muret de ciment qui sépare les quatre voies. Claude éprouve un petit froid dans le ventre. Son garagiste lui a dit qu'il était temps de remplacer les freins et les amortisseurs. Encore des dépenses, comme s'il n'avait pas mieux à faire de son argent. Pour bien montrer qu'il est en pleine possession de ses moyens, il fait exprès de passer d'une voie à l'autre, dessinant de longs S. Il danse ! Et zut ! Il a mal calculé sa dernière courbe, il a râpé le muret à deux reprises, il a vu des étincelles. Une écorchure sans importance qui s'ajoutera aux taches de rouille sur la carrosserie.

Bien sûr, Marie-Claire en fera toute une histoire ; elle saute sur la moindre vétille pour lui tenir tête. Ils vivent ensemble depuis deux ans, elle devrait commencer à l'accepter tel qu'il est. Pourquoi les gens se montrent-ils si difficiles ? Il préfère quand même les disputes avec sa conjointe que le regard silencieux de Serge, le fils de Marie-Claire, qui semble toujours le juger.

Il redouble d'attention, ce n'est pas le moment de se faire arrêter. L'alcootest ne fait pas de différence entre quelqu'un qui est saoul et quelqu'un qui, comme lui, supporte la boisson.

Le voici déjà sur la 105, une route secondaire pleine de courbes et de pentes. Surtout là, près du chemin de l'Étoile, où se produisent quatre ou cinq accidents chaque année, parfois mortels. Claude ralentit, se prouvant ainsi qu'il a toujours toute sa tête. Quand il a passé la région dangereuse, il ne se retient plus, il file à cent vingt à l'heure, à peine trente de plus que la vitesse permise. Vivement la maison et les toilettes car, après trop de bières, sa vessie est prête à éclater.

Une lumière soudaine frappe le rétroviseur. Encore un idiot qui roule avec ses grands phares. Ça ne fait rien, il a dépassé le IGA, il est presque rendu chez lui. Il met quand même ses signaux d'urgence, une façon de dire à celui qui le suit qu'il conduit dangereusement. Il jette un coup d'œil pour voir si on a compris le message et aperçoit le gyrophare d'une autopatrouille. Va te faire voir ! Il tourne brusquement à droite, le voici chez lui. Victoire sur toute la ligne !

La maison se trouve en retrait, à cent mètres de la route. Une fois sur la propriété, il faut traverser une bordure boisée puis un champ où on ne cultive plus rien depuis trente ans.

Il a pris le tournant trop vite en voulant échapper à la police, il a mal évalué son angle et la voiture s'immobilise dans un petit fossé. Impossible d'en sortir, il devra se faire tirer de là. Il a même l'impression que le joint est brisé, car la roue est inclinée à quarante-cinq degrés. C'est encore de la chance, autrement il se serait écrasé contre un arbre. Mais pas une chance absolue, car la voiture de police s'engage dans l'allée, coiffée de ses lampes rouges et bleues.

Il faut vite penser à quelque chose. La meilleure solution, c'est de rentrer chez lui et d'avaler une bonne gorgée de gin. On ne pourra pas l'accuser de conduire en état d'ivresse : il dira qu'il vient tout juste de prendre un verre, il aura encore la bouteille à la main. L'essentiel, c'est d'atteindre la maison avant les policiers. Poussé par l'habitude, il prend la lampe de poche dans la boîte à gants.

Le bosquet n'est ni large ni très touffu, c'est une nuit claire de pleine lune, il avance facilement, il est déjà dans l'ancien champ.

Il s'arrête alors, le dos glacé. Un grand chien lui barre le chemin, menaçant, les babines retroussées, les crocs luisants, le poil dressé sur son échine arrondie, les pattes un peu pliées comme s'il allait sauter.

Claude ne bouge pas. Sa vessie se vide, il sent le liquide couler le long de sa jambe. Il n'a jamais vu ce chien presque argenté, comme un reflet de lune. Deux longues taches noires sur les flancs rehaussent la beauté du pelage. Ce n'est pas une bête ordinaire. Si c'était un loup ? S'il avait la rage ? En tout cas, il a quelque chose d'effrayant, l'allure d'un fantôme.

Claude se trouve vraiment brillant d'avoir pris la lampe de poche, ce qu'il fait toujours quand il sort dans l'obscurité. Les bêtes ont souvent peur de la lumière. Il braque le faisceau sur l'animal, et tant pis si la police le voit.

— Fous le camp ! crie-t-il d'une voix enrouée par la peur.

Le chien, ou le loup, le regarde sans bouger. Et puis, soudain, la bête tourne le dos et disparaît dans les hautes herbes en secouant la queue.

Manque de pot, les policiers viennent de le rejoindre. C'est vraiment de la malchance, mais des humains, c'est plus rassurant que cette bête.

Sous le titre *Reflet de lune*, des extraits des chapitres 2, 4, 8 et 9 ont été publiés dans le recueil de nouvelles *Petites danses de Macabré*, dirigé par Claude Bolduc, éditions Vents d'Ouest, 2002.

3

UN LONG REGARD

PEU DE JOURS PLUS TARD, QUELQUE CHOSE D'INATTENDU EST ARRIVÉ À DEUX ÉLÈVES DU SECONDAIRE, SERGE ET GENEVIÈVE. Un simple regard avait suffi, un de ces regards qui transforment une vie. Le professeur de français, André Rivard, aimait mettre un peu de variété dans ses leçons :

— Il est bon de savoir d'où on vient. De connaître son histoire. Pour ne pas mourir idiot, et parce que c'est intéressant. Pensons aux origines de Sainte-Cécile-de-Masham. Vers 1830, vingt-cinq familles habitaient la région. À cette époque, nos ancêtres commençaient à s'installer dans la vallée de l'Outaouais. Certains ont remonté la rivière Gatineau. À Wakefield, il y avait déjà un bon noyau d'Anglais, d'Écossais et d'Irlandais. Sans oublier les Algonquins, qui étaient là avant tout le monde. Les gens avaient tendance à se regrouper selon leurs affinités linguistiques et religieuses. Puisque la place était prise, les colons français et catholiques ont suivi la rivière La Pêche et se sont établis ici, où il n'y avait personne. Vingt ans plus tard, en 1850, on dénombrait quatre cents personnes dans la paroisse. Wakefield aussi avait grandi. On y trouvait cinq cents anglo-protestants et une cinquantaine d'Irlandais catholiques. Aujourd'hui, ces deux villages sont dix fois plus gros, et tous deux font partie de la municipalité de La Pêche. Votre prochain exercice, ce sera de raconter en deux pages quand et comment votre famille s'est installée ici. Même si c'est récent. Demandez-le à vos parents, à vos grands-parents. Et n'oubliez pas que c'est un cours de français, pas d'histoire. L'essentiel, c'est que ce soit bien écrit.

Rivard a mentionné Sainte-Cécile et Wakefield parce que l'École secondaire Des Lacs dessert les deux villages, ainsi que d'autres de la région. Un peu en retrait, entre l'église et le CLSC, elle accueille quelque deux cent cinquante élèves dans un immeuble moderne, construit en 1986.

C'est alors l'heure du lunch et les adolescents s'éparpillent pour avaler une bouchée. Certains, s'ils ont une bicyclette ou habitent à deux pas, vont manger chez eux. La plupart restent sur place. Serge Guindon et son ami Daniel Boissonneau décident de prendre leur sandwich dehors, dans la cour. Geneviève Dubois se joint à eux. Linda Saunier, plus jeune et dans une autre classe, est une bonne copine de Daniel et leur emboîte le pas.

— C'est tout un travail ! commente Serge.

— Moi, ça me fait rêver, dit Geneviève. Je pense à ces gens qui arrivaient ici quand il n'y avait rien. La forêt, des champs qu'il fallait défricher, les maisons à construire... Ça ne devait pas être facile.

— Je me demande qui ont été les premiers à s'établir ici, dit Daniel.

Il faut expliquer à Linda de quoi il s'agit. Comme toujours, elle a une réponse :

— C'est facile. Il suffit de prendre le bottin de La Pêche et de repérer les noms qui reviennent le plus souvent : les Gauvreau, les Sincennes, les Brazeau, les Martineau, les Schnob, les Legros... Les plus anciennes familles avaient le plus d'enfants et une longueur d'avance sur les autres. Elles ont donc plus de descendants.

Comment fait-elle pour penser aussi vite ? Une fille remarquable, vraiment. Daniel précise qu'on leur demande l'histoire de leur famille, pas celle du village.

— Pour moi, ce sera facile, dit Serge. Mon grand-père Octave connaît tout. Notre famille est dans la région depuis au moins un siècle.

— La mienne aussi, remarque Geneviève. Je demanderai à Lise. Elle vient de Gatineau, mais la généalogie, ça la passionne.

La mère de Geneviève est morte d'un cancer quelques années plus tôt. Son père vit maintenant avec Lise et toutes deux s'entendent très bien.

— Bonne idée, commente Linda. L'Internet a des sites généalogiques.

Son père lui a acheté un ordinateur l'automne dernier et elle y passe de longues heures, allant d'un site à l'autre, curieuse de tout.

— Moi, ce sera simple, dit Daniel. Mes parents viennent de Gatineau. Je leur demanderai pourquoi ils se sont établis ici.

— Ça, je le sais. Grâce à mon grand-père, d'ailleurs. Ton père travaillait dans une entreprise de construction et voulait être à son compte. Il a eu des contrats dans la région, il s'est fait une bonne réputation et il a décidé de vivre ici. C'est comme ça qu'Octave l'a connu. Il l'a mentionné, une fois.

Linda regarde Serge avec admiration. Rien que le voir, ça embellit sa journée. Elle est toutefois trop timide pour l'aborder, pour tenter de s'en rapprocher. Il a dix-sept ans, comme les autres, et elle n'en a que quinze. Serge a des amis, mais il semble souvent absent, perdu dans on ne sait quelles pensées. Daniel aussi est souvent taciturne. C'est peut-être, se dit-elle, le genre de garçons qu'on trouve quand on préfère les gens tranquilles.

— Je pense encore aux premiers colons, dit Geneviève. Ça prenait du cran et du courage de s'établir dans un coin où il n'y a rien.

— Les pionniers, note Serge, c'est souvent des gens qui n'ont pas le choix. Les agriculteurs, ça cherche des terres. Autrement, ils crevaient de faim.

— C'est mathématique, affirme Linda. Mais oui ! Les gens avaient de grandes familles. L'ancêtre divise sa terre entre ses quinze ou vingt enfants. Chacun d'eux divise sa part pour en laisser un bout à ses quinze ou vingt enfants. Quelques générations plus tard, chaque héritier n'a qu'un lopin de rien du tout.

— Ça doit être pour ça que tant de gens ont émigré aux États-Unis pour travailler dans les manufactures, dit Daniel. D'autres sont venus ici, ou dans le Nord, ou en Ontario, ou au Manitoba.

Serge et Geneviève se rappellent alors des histoires de famille. Tous deux ont eu des grands-oncles ou d'autres parents lointains qui sont partis pour la Nouvelle-Angleterre. Certains sont revenus, d'autres y sont restés.

— Il n'est pas mal, Rivard. Il nous fait travailler les méninges, dit Daniel.

Il songe qu'il y a exactement un an, une belle journée de juin, il a voulu en finir. Parce qu'il se sentait mal dans sa peau. Une des raisons, c'était Rivard, qui lui reprochait ses notes médiocres alors qu'il était capable de faire mieux. Ça l'avait secoué. Il a l'impression d'avoir bien repris sa vie en main.

— Ça devait être très dur, poursuit Geneviève, qui n'a pas perdu le fil de ses pensées. J'aimerais en savoir plus sur la vie des premiers colons. Comment ils réussissaient à survivre les premières années ? Qui leur fournissait les semences ? Quelles étaient leurs relations avec les Indiens ? Que faisaient-ils quand les récoltes n'étaient pas bonnes ? Comment s'occupaient-ils du bétail ? Dans ce temps, il y avait sans doute des loups.

Sans s'en rendre compte, elle a prononcé ce mot avec un ton différent. Une sorte de respect. Plus encore : de l'affection. Serge imagine tout de suite des loups. Il en rêve si souvent ! Il n'a jamais pensé, toutefois,

que les loups avaient pu faire partie de
l'existence quotidienne de ses ancêtres.

— Il y en a peut-être encore, signale
Serge. Claude, le *chum* de ma mère, dit qu'il
en a vu un l'autre soir.

— Ce n'est pas, disons, un témoin digne
de foi, dit Daniel, amusé. Il avait bu ?

— Oui. Beaucoup, même.

— C'est un bon gars, Claude. Seulement,
quand il prend un verre de trop, ce qui lui
arrive souvent, d'après mon père, il verrait
des dragons et des extraterrestres.

Serge ne se sent pas porté à prendre la
défense du conjoint de sa mère. On ne choisit pas ses parents. S'ils se séparent, on ne
choisit pas leurs nouveaux partenaires. On
fait avec. Le plus souvent, Claude est tout
à fait correct, un homme solide, le cœur sur
la main. De temps en temps, il éprouve le
besoin de boire plus qu'il ne devrait. Serge
a appris à attendre que la tempête passe.

Sa mère aussi boit un peu trop. Surtout
ces temps-ci. Elle a encore perdu son emploi
et se sent déprimée. Serge n'en parle jamais.
Ce sont des choses qu'on garde pour soi,
qui ne regardent personne. Avec le temps,
il s'est fabriqué une bonne carapace. Sa
sœur Suzanne et son frère Lucien sont plus
sensibles aux lourdeurs de leur atmosphère
familiale. Il préfère garder ses distances.

— On réintroduit des loups dans des régions, remarque Linda. Ils n'attaquent pas les gens. Les fermiers ne les aiment pas parce qu'ils sautent parfois sur un veau ou sur les poules. Mais il n'y a pas de programme du genre dans la Gatineau.

— On a d'ailleurs assez de problèmes avec les ours, rappelle Daniel.

Il y a beaucoup d'ours dans le parc de la Gatineau et les forêts avoisinantes. Au printemps, après leurs mois d'hibernation, ils ont faim. S'il a trop plu, ou s'il n'a pas assez plu, ils ne trouvent pas de baies et de petits fruits à manger et se rendent dans les régions habitées, souvent attirés par les poubelles et les mangeoires à oiseaux. Certains s'avancent même dans le village et des gens les aperçoivent dans leur cour. Quand ils constituent un problème sérieux, le Service de la Faune dépose des caisses de pommes ou d'autres victuailles en pleine forêt, pour ne pas les encourager à aller voir plus loin.

— Moi, dit Geneviève, je n'ai jamais vu de loup. J'aimerais bien.

— Tu n'aurais pas peur ? demande Linda.

Geneviève secoue la tête. Doucement.

— Tu l'as dit, ils n'attaquent pas les gens. Ils ont le droit de vivre, eux aussi.

Serge l'approuve de tout son cœur.

— Moi aussi, j'aime les loups, dit-il.

Il regarde Geneviève. C'est la première fois qu'il la voit ainsi. Jusqu'à présent, elle était une compagne de classe qu'il trouvait bien gentille, bien agréable. Un peu effacée peut-être, avec l'air de ne faire jamais vraiment partie d'un groupe. Il a l'impression de trouver maintenant en elle quelque chose qui l'intéresse. Il ne sait pas quoi. Il cherche.

Geneviève sent ce regard posé sur elle. Elle lève la tête et lui fait face. Sans un mot. Elle éprouve une sorte de frisson, un mouvement obscur. Jamais elle n'a vraiment fait attention à lui. Elle le connaît depuis son enfance et l'a toujours trouvé bien sympathique. Pas davantage. Dans bien des discussions, il présente des jugements assez durs, qui la rebutent parfois. On les a parfois taquinés parce qu'ils ont tous deux des yeux verts, ce qui est rare dans leur groupe, mais c'est bien la seule chose qu'ils se trouvaient en commun.

Un peu déroutée, elle se demande ce qui lui arrive. Parce qu'ils parlaient des loups ? Elle a toujours aimé ces bêtes. Que Serge partage ses sentiments ne devrait avoir rien de spécial. Et pourtant, elle se sent la gorge sèche tout à coup.

Linda, qui observe tout, est la seule à avoir remarqué ce regard. Encore plus que

Geneviève et Serge, elle a vu leur visage changer. Un instant de raidissement, un instant de relaxation. Elle n'en est pas surprise. Elle le pressentait depuis longtemps. Elle se souvient aussi de l'avoir mentionné à son amie Jade, l'été dernier. « Pourvu qu'ils comprennent, se dit-elle. Pourvu qu'ils soient heureux. »

— Bon, annonce Daniel, il est temps de rentrer.

Serge et Geneviève ont l'air de se réveiller en sursaut. Quand ils traversent la cour, Daniel se tourne vers Linda :

— Savais-tu que Boris est de retour ?

— Oui. Jade me l'a dit. Je ne l'ai pas vu, mais mon père fait affaire avec lui.

— Pour la route ?

— Ils y sont allés deux fois. Boris n'est pas tout à fait décidé. C'est une grande propriété. Ce n'est pas facile de trouver le meilleur emplacement pour une maison.

— Et il faut savoir où on mettra la maison avant de tracer le chemin. Les deux choses vont ensemble. Tu sais à quoi je pense ? Boris serait content d'avoir des loups autour de lui. Il est comme eux.

— C'est peut-être pour ça que je ne suis pas encore tout à fait à l'aise avec lui, avoue-t-elle. Même si je l'aime beaucoup. Et je lui dois beaucoup.

L'automne dernier, horriblement déprimé, son père avait tenté de mettre le feu à la maison. Il ne savait plus ce qu'il faisait. Il l'aurait tuée, elle, ses frères, tout le monde. Boris, appelé à la dernière minute, avait réussi à leur éviter la catastrophe.

Daniel aussi a une grosse dette envers Boris. C'est bien lui qui l'a aidé à remonter la pente quand tout allait si mal. Sans le vouloir peut-être, sans même s'en rendre compte, il lui a rendu le goût de vivre. Rencontrer un homme comme lui, c'est rare. Galvanisant. Ce n'est cependant pas quelqu'un de très commode et il comprend que Linda ne sache toujours pas sur quel pied danser avec lui[*].

— As-tu remarqué ? dit Linda en baissant la voix. Serge et Geneviève. Leur façon de se regarder.

Daniel réfléchit, les sourcils froncés.

— Ils se regardent comme tout le monde. Comme toi et moi.

Linda a un petit rire.

— Pour quelqu'un qui veut devenir écrivain, tu manques drôlement de sens de l'observation.

---

[*] On peut lire, du même auteur, chez Soulières éditeur, l'histoire de Linda dans *Orages en fin de journée* et l'histoire de Daniel dans *Retrouver Jade*.

Depuis un an, Daniel lit beaucoup et joue avec l'idée de devenir professeur ou bibliothécaire ou écrivain. La remarque de Linda l'irrite un peu.

— Qu'as-tu vu, toi ?

— Ils sont amoureux.

C'est au tour de Daniel d'éclater de rire.

— Ce que tu vas chercher, des fois ! Ils ne sont jamais sortis ensemble. Serge est plutôt attiré par Renée et Marie-Ange. Geneviève a eu un petit béguin pour Éric, mais ça n'a pas duré. Comme tu vois, j'observe les gens.

— Eh bien, ce n'est pas assez. Tu regardes le steak sur le gril et tu dis qu'il est rouge. Moi, je sais qu'il deviendra brun avec la cuisson. Au printemps, quand le lac est gelé et qu'on annonce des jours de pluie ou de grand soleil, je sais que la glace fondra. Geneviève et Serge sont faits l'un pour l'autre. Pour moi, ça saute aux yeux.

— Et qu'est-ce que tu peux savoir de l'amour, à ton âge ?

— Pas grand-chose, mais je lis, je me documente, je sais comment ça se passe.

— Et moi, je les connais plus que toi et je crois que tu t'inventes des histoires. Tu seras une bonne romancière.

— Moi, ce sont les sciences, tu le sais bien. De toute façon, nous n'avons qu'à attendre. Et tu verras que j'ai raison. Ils sont très bien, Serge et Geneviève. Ce sera une belle histoire d'amour. J'espère.

Elle sent quand même un petit quelque chose dans le cœur. Elle aurait préféré que ça lui arrive à elle. Linda ne peut pas savoir que le regard échangé par Geneviève et Serge contenait aussi un monde dont elle ignorait tout, dont elle ne pouvait soupçonner la force.

4

DE MAUVAIS SOUVENIRS

CLAUDE S'HABITUE TANT BIEN QUE MAL À SA SITUATION. IL DOIT COMPTER SUR MARIE-CLAIRE OU SUR SERGE QUAND IL doit se déplacer. C'est irritant. Marie-Claire a le temps, maintenant qu'elle est au chômage, mais elle lui fait sentir à chaque fois qu'elle lui rend service et qu'elle utilise sa voiture à elle, puisque celle de Claude est en réparation. Serge a son permis et le conduit où il veut en dehors des heures de cours, sans commentaire, avec l'expression de quelqu'un qu'on dérange. Si au moins il disait ce qu'il a sur le cœur ! Là, Claude crierait plus fort, il saurait le remettre à sa place. Le genre de Serge, c'est plutôt le silence glacial. Claude ne sait jamais sur quel pied danser avec ce garçon.

Les policiers ne se sont pas acharnés sur lui. On ne l'a pas accusé de conduite dangereuse, on s'est contenté des résultats de l'alcootest. Comme il avait déjà reçu deux avertissements, on a suspendu pour six mois son permis de conduire.

Dépendre des autres est toujours désagréable. Claude s'estime quand même chanceux, on lui a dit qu'il aurait pu se retrouver en prison. Et puis, ses compagnons de travail, avec qui il s'est toujours bien entendu, l'ont immédiatement rassuré, ils iront le prendre chez lui chaque fois qu'il y aura de l'ouvrage. Dans son métier de peintre en bâtiments, l'été, c'est la haute saison. En ce moment, ils s'occupent de cinq maisons et ç'aurait été désastreux que ces contrats lui filent entre les doigts. Il s'est justement rendu avec Serge au *True Value* pour choisir la peinture. Il finit de passer la commande quand Octave Lemoyne, le père de Marie-Claire, entre dans l'établissement et salue un client.

— Alors, Bobby, ça avance, ta clôture ?

— Je viens de la finir. Dix pieds de haut. Une beauté !

— J'irai voir ça. N'empêche que je n'y crois pas tellement, à cette idée d'élever des autruches.

— C'est un bon marché, je t'assure. On en vend même au IGA. Cet été, je bâtis l'étable. J'ai commandé les bêtes pour l'an prochain.

Octave aperçoit Claude et sourit.

— Ça fait longtemps qu'on t'a vu !

— Je ne sors pas beaucoup, ces temps-ci.

— Je comprends. C'est toujours embêtant, un accident. Marie-Claire m'a dit que tu devras remplacer le joint, les amortisseurs, tout le paquet.

— Rien ne serait arrivé si la police ne m'avait pas couru après.

— Je sais, je sais, dit Octave en riant. C'est toujours la faute des autres. Avec ton dossier, tu aurais dû éteindre tes lumières et te cacher dans un petit chemin.

— Ils me collaient aux fesses. Je voulais rentrer chez moi et boire un bon coup avant de prendre l'alcootest. J'aurais dit que c'était mon premier verre. Je n'y ai plus pensé à cause du loup.

— Un loup ? Marie-Claire ne m'en a pas parlé.

Serge s'est toujours senti proche de son grand-père et peut lire la curiosité sur son visage. Comme si ça pouvait être une chose importante. Marie-Claire ne l'a pas mentionné parce qu'elle n'y croit pas vraiment, elle se dit plutôt que Claude s'est inventé une autre excuse. Lui, il y croit. Il a vu la pâleur de Claude en entrant. Ce n'était pas une feinte.

Octave attend toujours. Claude lui raconte la scène. Il y ajoute des détails, car deux clients et le propriétaire, en plus d'Octave et de Serge, l'écoutent avec le plus grand intérêt. Il adore être le centre d'attention.

— Le maudit loup m'a sauté dessus, mais je lui ai donné un coup de genou dans la gueule. Il a roulé par terre et il s'est mis à grogner. Puis un rugissement épouvantable ! J'en avais des sueurs froides. Dans ces cas-là, il ne faut pas paniquer. Je lui ai montré le poing, je lui ai crié des bêtises, j'ai avancé, et il a déguerpi.

Serge sourit intérieurement. Chaque fois qu'il raconte l'histoire, Claude rajoute des détails. Dans quelques jours, ce sera le combat à mains nues de Tarzan et d'un lion enragé.

— C'est curieux, note un client. On dit pourtant que les loups ne s'attaquent jamais aux humains.

Serge le reconnaît. C'est Jacques Dalban, un écrivain de la région. Il vient justement de lire un de ses livres et il a vu sa photo sur la couverture. Il songe à le mentionner, puis se sent trop timide.

— Vous auriez dû le voir ! lance Claude. Les dents à l'air, prêt à mordre. C'était une femelle, je l'ai vue quand elle m'a tourné le dos en levant la queue.

— Elle avait peut-être ses petits autour.

— Non, dit un autre, c'est impossible. Il n'y a pas de loups dans le coin depuis une éternité. Ce doit être un chien abandonné, un chien devenu sauvage.

— Si c'est un chien, dit Claude, je n'en ai jamais vu de pareil. Le poil gris comme de l'étain, comme de l'argent… C'était même beau, sous la lune. Avec je ne sais quoi de terrifiant. Un autre que moi en serait mort de peur.

« Tu as quand même pissé dans tes culottes », se dit Serge, tout en gardant son commentaire pour lui.

Octave s'appuie sur le comptoir, avec une expression bizarre.

— Tout gris ? Et les flancs ? Des taches noires ?

Claude reste bouche bée.

— Oui, c'est ça. Comment le sais-tu ?

Le vieil homme est terriblement pâle.

— Je l'ai vu, dit-il, la voix rauque. Il y a cinquante ans.

— Voyons, Octave ! Aucune bête ne vit si longtemps.

— Ce n'est pas n'importe quelle bête. C'est autre chose. Et rassure-toi, je ne suis pas fou. Ce n'est sans doute pas la même. Mais, alors, elle a eu des petits, et ses petits en ont eu d'autres. Si elle rôde encore chez toi, ajoute-t-il en s'adressant à Claude, préviens-moi. Même si c'est en pleine nuit. Elle et moi, nous avons un compte à régler.

5

LA GIROUETTE

UN VIEUX TRAIN À VAPEUR FAIT CHAQUE JOUR LE TRAJET ENTRE GATINEAU ET WAKEFIELD, LONGEANT LA RIVIÈRE GATI-neau, traversant les forêts, offrant aux cita-dins quelques heures de dépaysement dans de superbes décors, avec une petite touche d'histoire. Le village accueille alors durant l'après-midi des flopées de touristes qui s'éparpillent dans la rue principale et se rendent jusqu'au vieux Moulin Wright, sur la rivière La Pêche, devenu une auberge et un restaurant, ou jusqu'au pont couvert, très long, tout peint en rouge, construit selon les techniques traditionnelles pour remplacer celui auquel des vandales ont mis le feu voici plus de vingt ans, ou encore jusqu'au cimetière où est enterré l'ancien Premier ministre Lester B. Pearson.

En réponse à cette arrivée quotidienne de touristes, de nombreuses boutiques ont surgi. Des restaurants, des cafés, des pâtisseries, des galeries d'art, des hôtels, des antiquaires. Certaines ne font pas long feu, d'autres prospèrent. Lise Turcotte et une amie ont ouvert une boutique d'artisanat, *La Girouette*. Elles se tirent assez bien d'affaire. Pour Lise, il s'agit surtout d'un passe-temps. Elle gagne déjà sa vie comme traductrice autonome et ne manque pas de contrats.

Serge regarde longuement la girouette qui donne son nom à la boutique. Rouillée, sans doute très vieille, elle représente un loup. À force d'en rêver, il en a fait son animal totémique. En voir un, même en fer, le met de bonne humeur.

Il entre. Il veut acheter un cadeau à sa mère pour son anniversaire, dans une semaine. Non seulement il n'a pas beaucoup d'argent, mais il ne sait jamais quoi lui offrir. Il n'a jamais mis les pieds dans la boutique. Claude et sa mère parlent souvent de tout ce qui se passe au village et il sait qu'elle a deux propriétaires, dont la mère de Geneviève, à qui il pense depuis quelques jours. Sans trop savoir pourquoi. Quelque chose en elle a capté son attention. Si elle se trouvait brusquement devant lui, il ne saurait quoi lui dire. Elle est un point d'interrogation.

— Bonjour, Serge.

Il s'arrête, époustouflé.

— Bonjour. Euh… Vous me connaissez ? On s'est rencontrés ?

— Non. Je t'ai vu avec Octave. C'est un ami. Il m'a parlé de toi.

— Ah, bon.

Serge s'en veut de ne pas savoir entamer la conversation. Il n'est pas particulièrement timide. Il a surtout l'impression, presque partout, presque toujours, de se trouver dans un monde étranger peuplé de gens déconcertants. Il se retranche alors en lui-même, faisant juste semblant d'être là.

— Puis-je t'aider ? Cherches-tu quelque chose en particulier ?

— Non. Je vais regarder.

Un peu renfrogné, il circule dans les allées. Il aurait peut-être dû accepter l'invitation. La dame semble bien gentille, elle a à peu près l'âge de sa mère, elle pourrait le conseiller. Lui, son premier réflexe, c'est de repousser les gens qui l'approchent. Il veut avant tout qu'on le laisse tranquille. Qu'il puisse faire ce qu'il veut, quand il veut, comme il le veut.

Il sent sur lui le regard de Lise, qui ne le quitte pas des yeux. Sans doute se méfie-t-elle des voleurs et croit qu'il pourrait lui piquer un objet. Il ne peut pas savoir qu'elle l'attendait, lui, ici ou ailleurs. Parce que ce qui doit arriver finit par arriver. Parce qu'elle le soupçonne de porter en lui, sans le savoir, les germes d'une catastrophe possible, qui a beaucoup à voir avec les récentes apparitions de loups.

Serge examine les objets avec une pointe de découragement. Il y en a tellement ! Un étalage de figurines, des poupées indiennes, des bustes de bois sculpté, des animaux, des attrape-rêves qui ressemblent à des toiles d'araignées. Non, ça n'irait pas, sa mère les appelle des ramasse-poussière. Une section d'ornements de jardins, des lutins, des biches, des gargouilles, des abreuvoirs à oiseaux. Des rayons de bijoux artisanaux, des colliers, des broches, des pendentifs, des bagues, des épingles. Oui, peut-être, ce serait une surprise. Une étagère de miel de la région, de vinaigrettes, de confitures locales. Ça, sa mère aimerait bien, d'autant plus qu'elle n'en achète pas souvent depuis qu'elle a perdu son emploi. Plus loin, des foulards, des chandails, des t-shirts.

Il y jette un coup d'œil. Tiens, des loups. Ici, une belle tête, de face. Là, un couple de loups qui se frottent le museau. Ils ont l'air tendre, affectueux. Un autre montre trois loups au clair de lune.

— Ils sont beaux, n'est-ce pas ?

— Oui.

Il a le ton de quelqu'un qu'on vient de déranger. Il s'en veut. La dame veut l'aider, c'est tout.

— Geneviève m'a raconté que Claude a vu un loup, l'autre soir.

Serge prend une longue respiration. Faire un effort. Ne pas avoir l'air trop sauvage.

— C'est ce qu'il dit, oui.

— Est-ce qu'il va à la chasse ?

— Chaque automne.

— Alors, il doit connaître les bêtes. Il ne prendra pas un chien pour un loup.

« Sauf quand il boit », a envie de répondre Serge. Il se retient. Ces choses ne regardent personne.

— On ne peut pas dire que ce n'était pas un loup, admet-il. Seulement, pourquoi viendraient-ils par ici ? Plus au nord, c'est moins habité, il ont davantage à manger.

— C'est vrai. Mais on voit souvent du chevreuil autour d'ici. Il a pu en poursuivre un et se retrouver près de chez vous. André Saunier faisait des travaux près du chemin des Érables, poursuit Lise. Un soir, il a entendu des loups. Ils n'aboient pas comme les chiens.

André, c'est le père de Linda. Elle n'aurait pas manqué de le mentionner. Mais c'est peut-être arrivé ces derniers jours.

— Et puis, Pierre Gervais m'a dit qu'il a perdu deux poules. Tu sais, celui qui a les grands poulaillers, près de Rupert. Il a suivi les traces. D'après lui, c'était un loup. Pas un renard ni un chien. C'est un trappeur. Il ne se serait pas trompé.

Un client entre, portant un sac. Il regarde le garçon un instant, comme s'il le reconnaissait, et dépose quelques livres sur le comptoir. Serge continue à examiner les rayons. Lui aussi, il l'a reconnu. C'est Jacques Dalban, qu'il a croisé quelques jours plus tôt dans la quincaillerie. Dans un petit village, ce n'est quand même pas étonnant. Curieux, il écoute la conversation.

— Je vous en ai apporté une dizaine, comme vous me l'aviez demandé.

— Vous êtes bien gentil. Ce n'est pas une librairie, je ne veux pas faire affaire avec des distributeurs, mais j'aimerais avoir une section de livres. Des auteurs de la région. Les clients sont surtout anglophones, mais beaucoup lisent le français.

— Il y a déjà eu ici une librairie de livres d'occasion, *Le chat qui lit*. Dans l'ancienne gare, je crois. Elle a duré quelques années.

— Il faut toujours essayer, n'est-ce pas ? Des choses marchent ; d'autres, pas. J'espère que je vendrai tous vos livres !

— Je suis déjà heureux que vous vouliez en décorer vos tablettes.

Jacques jette un long coup d'œil sur les rayons. Par curiosité, et parce qu'il voudra peut-être un jour situer ici une scène de roman.

— Nous avons ouvert il y a deux ans. Nous commençons à nous faire une idée de ce qui intéresse les gens. Les touristes prennent de petits souvenirs.

— Souvenir de Wakefield, *made in China* ?

— Non, pas encore ! Les gens de la place veulent des décorations et des choses à offrir en cadeau.

— Eh bien, je vous souhaite bonne chance !

Serge le regarde s'éloigner, puis continue à faire le tour des rayons. Des sachets de fleurs séchées, avec leurs propriétés. Des flacons d'huiles essentielles. C'est quoi ? Quelques tablettes de vieux poêlons et de casseroles en fonte noire. Deux rayons de livres, type Nouvel Âge, spiritualisme, développement personnel, contes et légendes. Finalement, il se décide et prend trois pots de confiture de bleuets, de fraises et de framboises de la région.

— Tu es gourmand, dit Lise en souriant.

— C'est pour ma mère. C'est son anniversaire.

— Tu m'en donneras des nouvelles. Je suis sûr qu'elle les aimera. Je les fais moi-même. Des recettes de ma mère, qu'elle tient de la sienne. Tiens, je te donne aussi un pot de miel, en prime. J'aimerais en faire avec des fraises des bois, mais il en faut beaucoup et je n'en ai pas encore trouvé assez.

— Je connais un bon endroit. Pas loin de chez Octave. Ça n'appartient à personne. Enfin, ça doit appartenir à quelqu'un, mais il n'y a jamais personne.

Lise lui rend la monnaie. Lentement, comme si elle réfléchissait.

— Dis, ça te dérangerait de me montrer le coin ? Samedi ?

Serge ne trouve aucune raison de refuser. On se montre sociable, et voilà qu'on s'embarque dans des tas de choses.

— C'est bon, dit-il. Samedi, à deux heures.

— Je crois que Geneviève aimerait venir aussi.

L'idée de retrouver Geneviève ailleurs qu'à l'école lui fait chaud au cœur. Et un peu peur. Si elle le trouvait ennuyeux ? S'ils n'avaient rien à se dire ?

— Tant mieux, dit-il. Plus il y a de bras, plus vous aurez de fraises.

Soudain, Lise affiche un air songeur.

— Tu as un regard très spécial. Des yeux verts… Tu es chanceux. C'est très beau.

— Comme Geneviève, je sais, répond-il, agacé. Alors, à samedi !

6

LES FRAISES DES BOIS

MARIE-CLAIRE S'EST LEVÉE TARD, UN PEU CHIFFONNÉE, COUVANT UN MAL DE TÊTE QU'ELLE PENSE ÉLIMINER AVEC deux Tylenol. Claude s'est levé tôt, d'humeur morose, et s'est aussitôt rendu dans la vieille grange pour y faire du rangement, comptant bien y consacrer la journée. Suzanne, la grande sœur de Serge, n'est pas là. Depuis quelque temps, elle reste surtout chez son père, à Ottawa. Elle s'entend bien avec sa nouvelle femme et compte s'inscrire à la Cité collégiale à l'automne, en habitant chez son père. Lucien, son jeune frère, s'est déjà installé avec ses jeux vidéo.

Serge se dit que ce sera finalement une bonne idée, d'aller aux fraises. L'atmosphère de la maison lui semble parfois bien étouffante.

À midi, Marie-Claire se décide à préparer le repas. Quelque chose de léger, car ils planifient un barbecue en fin d'après-midi. Du poisson et des pommes de terre, ça devrait aller.

— Serge, veux-tu aller chercher Claude ? C'est presque prêt.

Il n'en a guère envie, mais on perd moins de temps et on se simplifie l'existence en faisant ce qu'on nous demande. Autrement, sa mère insisterait et lui reprocherait de ne pas faire sa part.

— Veux-tu me donner un coup de main ? demande Claude. Juste tenir les planches pendant que je les cloue. C'est pour ranger mes outils.

— Oui, mais le repas est prêt.

— À deux, ça nous prendra une minute.

Dix minutes plus tard, ils s'installent à table. Marie-Claire est visiblement irritée d'avoir dû les attendre.

— C'est excellent, ce poisson, dit Serge, pour lui remonter le moral.

— Juste un peu trop cuit, note Claude.

— Il aurait été moins cuit si tu étais venu tout de suite.

Serge prend une longue respiration. Pour se calmer. Les tiraillements entre sa mère et Claude le hérissent toujours. Ce ne devrait pourtant pas être si difficile d'avoir une meilleure attitude avec les autres. Un peu de gentillesse, moins de pointes et de critiques à tout propos. N'y pensons pas, il n'y peut rien.

C'est avec soulagement qu'il voit arriver la voiture de Lise. Geneviève est bien avec elle. Un peu d'air frais, enfin ! Lise descend pour saluer Claude et Marie-Claire. Elle veut savoir d'où venait la louve de l'autre soir, et vers où elle est partie.

— De l'enfer, voilà d'où elle venait ! dit Claude. Par sa position, elle a dû traverser la route. Ou bien, elle m'attendait là, cachée. Silencieuse, comme les bêtes qui vont tuer. Elle a sauté sur moi en aboyant. J'ai vu la bave sur ses dents.

— Elle aboyait ou elle était silencieuse ?

— Elle aboyait en se retenant. Une sorte de rugissement. J'étais glacé, mais j'ai vite réagi. Je l'ai envoyée revoler d'un coup de pied. Elle s'est redressée et a bondi de nouveau. J'avais ma lampe de poche. Je l'ai braquée sur ses yeux. Des yeux rouges comme ce n'est pas possible. Les bêtes ont peur du feu, de la lumière. Elle s'est immobilisée. J'ai fait semblant de l'attaquer. Elle a reculé en grognant. Elle ne s'attendait pas à ce qu'on lui résiste. Je lui ai donné un autre coup de pied. Je l'ai frappée de côté, sur le flanc. Elle a hurlé puis s'est enfuie vers ces épinettes, là-bas.

— Vous êtes vraiment courageux.

— Je ne réfléchissais pas. Je tenais à sauver ma peau, c'est tout.

— Eh bien, je sous remercie. Nous, on doit y aller, les fraises nous attendent.

Serge la suit jusqu'à la voiture, amusé par le récit du combat titanesque.

— Monte en avant, dit Geneviève. Tu nous montreras le chemin.

Ils quittent bientôt la route 105 et s'engagent dans des chemins de terre battue. Tout en suivant les indications, Lise revient au sujet qui la préoccupe :

— Tu n'as pas peur de savoir que cette bête peut encore rôder autour ?

— Non.

Quel garçon laconique ! Lise se dit qu'il lui faudra bien de la patience pour en tirer quoi que ce soit. Et elle a besoin d'en savoir plus long à son sujet.

— Cette histoire m'étonne, tu sais. Une bête sauvage ne prévient pas. Si elle avait voulu lui sauter dessus, elle l'aurait pris par surprise, sans lui laisser le temps de se défendre.

— J'imagine, oui.

— Et les coups de pied… Même un chien est plus agile. La louve lui aurait mordu le mollet. Ce que raconte Claude ne cadre pas avec ce qu'on sait des loups.

— Disons que l'histoire correspond surtout à la personnalité de Claude.

Lise apprécie l'ironie du commentaire.

— Je comprends. On a souvent tendance à exagérer. N'empêche, plusieurs personnes racontent qu'elles ont vu un loup ou un chien sauvage dans la région.

— Ce serait beau, si c'était une meute, dit Geneviève.

— Parce que tu es une romantique, commente Lise. L'été dernier, les bleuets coûtaient très cher. Il y avait trop d'ours dans la forêt et moins de gens voulaient s'y rendre. Ça n'a pas donné une bonne récolte et les prix ont monté.

— Les ours aussi ont le droit de manger, affirme Geneviève. Ils étaient ici avant nous. C'est pareil pour les loups.

— Je ne te dis pas qu'ils ont moins de droits que nous, précise Lise. Je pense aux problèmes. Les fermiers n'aimeront pas qu'on leur prenne des poules ou des veaux. Les parents n'aimeront plus que les enfants aillent jouer dans le bois. Les amoureux y penseront deux fois avant d'aller s'y promener.

— Claude a vu une bête, c'est tout, dit Serge. Le reste, il l'a imaginé. Il y croit dur comme fer, mais il invente, il fabule.

— En Amérique du Nord, rappelle Geneviève, les loups ne s'en prennent pas aux gens. Sauf si on les provoque. On devra s'habituer à respecter leur territoire.

— Justement, dit Lise, ils semblent l'avoir quitté pour envahir le territoire des humains. Tu sais bien que j'aime toutes les bêtes. Et tu as raison, on peut vivre en paix avec elles. Il y aura toutefois une période d'ajustement.

Ils sont arrivés. Une vieille clôture aux barbelés rouillés bloque le chemin. Lise gare sa voiture. Très optimiste, elle a apporté une douzaine de casseaux. Serge les conduit à travers la forêt, fonçant parmi les arbres, contournant des amas de roches, longeant un ruisseau. Il a l'air de connaître l'endroit, car il n'hésite jamais.

— Tu marches comme un Indien, note Lise.

Elle allait dire « comme un loup », mais a changé le mot. C'est trop tôt.

— J'ai sans doute des coureurs des bois parmi mes ancêtres. Au fait, c'est grand-père qui m'a appris. La forêt n'a pas de mystère pour lui.

— Je me demande ce qu'il pense de ces histoires de loups.

Serge se rappelle alors le visage d'Octave, à la quincaillerie. Le vieil homme était vraiment pâle. La bête lui était familière. Serge aurait voulu lui poser des questions, mais il ne l'a pas revu depuis ce jour.

— Il a bien des terres autour d'ici, dit Lise. Est-ce que nous sommes chez lui ?

— Non. Je me suis renseigné. Ça appartient à Berthe Lemieux. La grand-mère de Linda. Elle ne vient jamais. Ça ne la dérangera vraiment pas qu'on y prenne des fraises. Regardez-moi ça !

Ils ont débouché sur un champ qui a peut-être été cultivé voici bien des décennies. Lise reconnaît tout de suite les fraisiers sauvages étalés à perte de vue. C'est magnifique, un coin comme ça ! Ce sera une belle récolte.

Les fruits sont minuscules et il faut les cueillir sans les écraser. Lise procède méthodiquement, fraise par fraise. Elle garde l'œil sur les jeunes gens, cherchant à déceler des symptômes, des signes, quelque chose qui trahisse des affinités qu'ils ignorent sans doute. Elle, elle sait. Enfin, elle pressent.

Lise et Geneviève gardent le récipient devant elle et le remplissent méticuleusement, rayonnant autour d'elles, prenant les fruits les uns après les autres. Serge travaille accroupi, habitué qu'il est à ramasser des framboises. Les bleuets sont rares dans la région et il n'a jamais été porté sur les fraises sauvages, les jugeant trop petites pour l'effort qu'elles exigent. Geneviève s'approche de lui.

— Tu auras des crampes dans les cuisses. Il vaut mieux se mettre à genoux.

Serge l'imite. En effet, c'est une technique plus efficace.

— On est plus proches du sol, dit Geneviève. On sent les odeurs.

Des odeurs qui la troublent. Il y en a beaucoup. Il y en a trop. Comme des gens qui parleraient tous en même temps. Elle se concentre, laissant ses doigts aller machinalement d'un plant à l'autre. Si chaque odeur était une note de musique, elle saurait en reconstituer la mélodie. Si chaque odeur avait sa couleur, elle distinguerait les lignes et les explosions du feu d'artifice.

— Je ne sens pas grand-chose, dit Serge. Tu as un odorat très développé !

— Essaie encore.

Il fait un effort. Non, se ravise-t-il, plutôt le contraire. Relaxer. S'abandonner à son nez. Le remplir de tous les parfums qui circulent.

— C'est vrai, murmure-t-il. L'humus. Les fraises. Autre chose… Des odeurs de bêtes. Celles qui sont passées par ici. L'odeur de la forêt.

— Sans oublier ton casseau, dit-elle en souriant.

La proximité de Serge la trouble. Elle aime le voir près d'elle et ressent aussi une pointe d'inquiétude, étrange, dérangeante, dont elle ignore la nature.

Serge aussi se sent troublé. C'était très bien de lui rappeler de faire attention aux odeurs. Elle connaît de la forêt des choses qu'il ignore. Auxquelles il ne prêtait pas attention. Maintenant, il est comme elle, il renifle des bribes de vie, il cherche à les identifier, à les reconnaître. Geneviève porte des jeans et un t-shirt, comme lui. Il la trouve extrêmement belle. Une sorte de beauté profonde, sauvage, qui lui va droit au cœur. Jamais il ne l'a vue ainsi. Il aimerait la connaître davantage. Faire durer la complicité qui s'est installée entre eux. Ce désir brusque de se rapprocher d'elle le surprend. Autant il se sentait à l'aise avec sa camarade de classe, autant il se sent maintenant intimidé. Et là, il ne comprend pas, il ne se reconnaît pas. Comme si, brusquement, dans un film, des personnages changeaient de rôle et de personnalité, déclenchant des revirements imprévus dans l'histoire.

Deux heures plus tard, ils ont déjà rempli huit casseaux. Lise, infatigable, poursuit la cueillette. Serge et Geneviève lèvent la tête en même temps.

— Quelqu'un, dit-il à voix basse.

— Oui. Tu sais ? Je me demande si on l'a senti ou si on l'a entendu.

— Ça vient de là-bas.

Il indique une direction du menton. On ne voit rien. Personne. Pourtant, il a reconnu une présence. Une biche égarée ? Un ours qui fréquente le coin ? Un loup ?

Les jeunes gens se redressent en silence. Ils regardent autour d'eux.

— Une piste de lièvre, note-t-il en montrant des herbes écartées.

— Là, un chevreuil s'est couché. Non, plusieurs. Des jeunes. Ou des loups.

Ils scrutent les arbres au bout du champ. Ce serait tellement décevant de ne rien voir ! Et puis, les voilà : ils sont quatre, et se dirigent droit sur eux.

Lise a remarqué que les jeunes gens se sont levés. Déjà fatigués ? Elle aperçoit alors le groupe qui s'approche. Un homme aux cheveux blancs, une femme et deux adolescentes. Sans doute des cueilleurs de fraises.

Geneviève et Serge ont reconnu Linda. Les autres, ils ne les ont jamais vus. L'homme a un bâton dans la main.

— Bonjour ! s'écrie Linda. Vous en avez trouvé, des fraises !

Elle est heureuse de voir Serge avec Geneviève. Pour elle, c'est un théorème, ces deux-là sont faits pour être ensemble.

— C'est un très bon coin ! Il ne faudrait pas trop en parler, ajoute Lise en souriant. Je connais une foule de gens qui aimeraient venir ici.

Elle remarque que le visage de l'homme s'est durci. A-t-elle dit quelque chose de déplacé ?

— C'est une belle journée pour une promenade dans le bois.

L'homme hoche la tête. Linda, qui observe tout, remarque une tension.

— Oh ! vous ne vous connaissez pas. Je vais faire les présentations. Serge et Geneviève. Des camarades d'école. Sa mère, Lise.

— Pas tout à fait, rectifie celle-ci. Geneviève est la fille de mon conjoint.

Serge sursaute. Il ne le savait pas. Il connaît Geneviève depuis longtemps sans avoir la moindre idée de sa vie familiale, de ce qu'elle aime, de ce qu'elle pense.

— Jade, ma meilleure amie, poursuit Linda. Et ses parents, Dewi et Boris. Dewi est javanaise. Enfin, indonésienne. Et Boris habite en Afrique.

On se salue, ce qui ne dissipe pas une sorte de malaise. Lise comprend soudain qu'elle est peut-être une intruse.

— C'est la première fois que je viens ici. J'aurais dû demander la permission à Berthe, mais j'ignorais que c'était chez elle.

— Ce n'est plus chez elle, c'est chez moi, dit Boris.

— Boris a acheté la propriété, explique Linda. Mon père va ouvrir un chemin.

Boris sourit brusquement. À cause de la façon dont Jade l'a regardé. Son premier réflexe, c'était de repousser l'envahisseur. Sa fille l'incite toujours à se montrer plus amical. De fait, elle change bien des choses en lui.

— Eh bien, dit-il, je vous remercie de m'avoir fait découvrir ces fraisiers.

— On peut y goûter ? demande Jade. Délicieuses ! Tellement fraîches, sucrées !

Boris en prend une poignée et hoche la tête. Il réfléchit. Soudain, c'est comme si le soleil venait de se lever sur son visage ridé.

— Magnifique ! Vous savez, j'ai découvert la propriété avec Linda, l'an dernier. J'en suis tout de suite tombé amoureux.

— Il y a même un lac privé, dit Linda, enthousiaste. C'est là qu'ils bâtiront la maison, bien sûr. Ils sont déjà en train de choisir le modèle.

Lise regarde le bâton d'un air professionnel de chercheuse d'antiquités. C'est une planche de cèdre de cinquante centimètres. Sans doute très vieille, car le bois est tout gris. Ce n'est pas un objet qu'on trouve normalement dans la forêt.

— Je l'ai aperçue dans un tas de roches, explique Boris. Ça m'a intéressé. Vous voyez toutes ces entailles ?

— Boris a pensé que c'étaient des gens qui jouaient aux cartes et qui s'en sont servi pour compter les points, dit Jade.

Linda et Lise examinent les marques. La plupart sont des coches, dont certaines se croisent. On trouve quelques lettres, peut-être les initiales des joueurs. Ça ressemble à : XXVXIVIOIVILII.

— Ça, ou autre chose, ajoute Boris. C'est la première trace humaine que j'ai trouvée sur mon terrain. Vous, c'est la deuxième. Le coin n'est pas aussi sauvage que je pensais ! Mais c'est très bien. Et vous pouvez continuer à cueillir des fraises.

— Merci ! Je vous ferai des pots de confiture. Vous verrez, c'est un régal !

Jade et Linda se sont lancées dans une grande conversation avec Serge et Geneviève. Boris envie leur facilité à se trouver aussi rapidement des points en commun. Comme des gens qui ne se connaissent pas

et découvrent qu'ils appartiennent à la
même tribu, faisant aussitôt surgir des liens
profonds. C'est surtout à travers Jade qu'il
a accès à l'univers des adolescents, dont il
restera toutefois toujours exclus. Ils s'en
excluront bientôt eux-mêmes en prenant
de l'âge. Dewi et Lise bavardent déjà à
bâtons rompus, s'étant aussi reconnu des
affinités. Lui, il n'en a jamais eu avec personne. Il a tout été, sauf sociable.

— Super ! lance Linda en les rejoignant.
Nous nous reverrons tous dimanche.

— Ce dimanche ? s'étonne Boris.

— Chez grand-mère, explique Linda.
Ce sera le barbecue de l'association des pro-
priétaires du lac. Après la réunion annuelle.
Lise y participe, elle a un lopin sur le lac.

— Je n'ai rien à faire dans ces choses-là,
maugrée Boris.

— Toi, tu es toujours l'invité spécial de
Berthe, affirme Linda, qui a appris à le
tutoyer. Jade aimerait bien venir. Daniel
aussi.

— Dans ce cas, je n'ai pas le choix, n'est-
ce pas ? dit Boris en souriant.

Linda et Daniel sont les meilleurs amis
de Jade. Et puis, il ne saurait refuser quoi
que ce soit à sa fille.

7

LE DERNIER TURCOT

L'ASSEMBLÉE ANNUELLE DES PROPRIÉTAI-
RES DU LAC TURCOT A COMMENCÉ À DIX
HEURES, CHEZ BERTHE, QUI VIENT D'ÊTRE
élue présidente. Les discussions portaient
sur les nouveaux règlements de zonage,
l'entretien des routes privées qui ne relè-
vent pas de la municipalité, la réfection
d'un chemin devenu trop glissant les jours
de pluie, le problème des propriétaires de
chalets d'été qui ne contribuent pas au
déblaiement de la neige en hiver, les retards
dans l'inspection de champs septiques dé-
fectueux. Lise a accepté le poste de trésorière de l'association, surtout pour mieux
connaître les gens et s'intégrer davantage
au milieu.

Ses parents sont morts dans un accident
de voiture quand elle avait vingt ans. Elle
a été bien surprise d'apprendre, en lisant
le testament, qu'elle héritait d'un terrain
au bord du lac Turcot. Ses parents n'en

avaient jamais parlé. Ç'aurait pourtant été bien agréable de s'y rendre, les chaudes journées d'été ! Y avait-il un rapport entre le Turcot qui avait donné son nom au lac et sa propre famille, les Turcotte ? Elle s'était alors penchée sur son histoire familiale et avait fini par trouver que ses arrière-grands-parents venaient de Duclos, un village situé dans le comté de Masham, à une douzaine de kilomètres du lac.

Sa grand-mère lui avait fourni des renseignements précieux, mais sporadiques et peu fiables. La vieille dame commençait à souffrir de la maladie d'Alzheimer, elle éprouvait des pertes de mémoire, et il n'était pas toujours facile de distinguer entre ses jours de lucidité et ses dérives dans la confusion. Elle était au courant de l'existence de ce bout de terrain au bord du lac et lui conseillait de n'y jamais mettre les pieds. À cause des loups, disait-elle.

Lise se rendait parfois chez des amis, à Wakefield. Elle aimait beaucoup ce village aux traditions anglaises, dont elle ne connaissait pas grand-chose. C'est à travers ces amis qu'elle rencontra Marcel Dubois, électricien, veuf avec deux filles préadolescentes, Geneviève et Solange, toutes deux très sympathiques. Ils se fréquentèrent tout un hiver, puis décidèrent de vivre ensemble.

Un jour, la grand-mère, qui était au courant de ces amours, parut se réveiller :

— Un Dubois, tu dis ? Non, il ne faut pas. Les Dubois ne sont pas des Dubois.

Lise reconnaissait les expressions de la vieille dame. Elle ne semblait pas en proie à des hallucinations.

— Les Dubois, c'est dangereux. Il y a du Lemoyne chez eux. Tiens-toi loin d'eux.

— Je t'assure, Marcel est quelqu'un de très bien.

— Non, non. Les loups sont chez eux. Les loups…

Son visage se raidit. Elle venait de glisser dans ses mondes intérieurs.

Lise se renseigna auprès de son nouveau conjoint. Marcel Dubois ne se connaissait pas de parenté avec des Lemoyne. Toutefois, précisa-t-il, Masham comprenait une poignée de villages et, au début, un nombre limité de familles. L'Église surveillait les mariages afin d'éviter toute consanguinité. En grattant un peu, on découvrait parfois des liens oubliés. Lise s'intéressa alors à la première épouse de Marcel et découvrit que la grand-mère de celle-ci était une Lemoyne, originaire de Duclos. Donc, Geneviève était aussi une Lemoyne. Serge également. Elle ne voulait pas sauter aux conclusions. Il fallait creuser davantage.

Durant la réunion, plusieurs riverains ont évoqué l'apparition récente de loups ou de chiens abandonnés et devenus sauvages. En marge de ses nouvelles fonctions de trésorière, Lise a invité tout le monde à lui faire part de ces rencontres, dont elle tiendra l'inventaire. Elle a des raisons très personnelles de s'y intéresser.

La réunion de l'association a pris fin. Berthe a préparé des petites bouchées. D'autres ont apporté des salades, des croustilles, des plats froids. Le barbecue, plus tard dans l'après-midi, se tiendra à la fois chez Berthe et chez son voisin, Gustave Laprida, ce qui leur donne plus d'espace et d'accès au lac.

Lise va saluer Octave Lemoyne, un vieil ami de Berthe, qui est venu avec Serge, sa mère et Claude. Geneviève se joint à eux. Elle a beaucoup aimé sa journée aux fraises. Quelque chose l'attire chez Serge. C'est très nouveau et ça la fait réfléchir. Elle le connaît depuis le début du secondaire et n'a jamais rien remarqué de spécial en lui. Alors, il a peut-être changé. Ou bien, c'est elle. Elle pense à deux chenilles qui se côtoient. Un jour, elles deviennent des papillons, et c'est alors que tout change. Serge est-il en train de se faire pousser des ailes ? Ou elle ?

— Tu vois ce terrain, là-bas ? Avec les trois bouleaux qui penchent ? C'est celui de ma mère.

— Intéressant. On pourrait s'y rendre à la nage. Même si l'eau est froide.

— Bonne idée ! Allons nous changer.

Lise et Octave les suivent des yeux.

— Vous connaissiez la mère de Geneviève ? demande Lise.

— Bien sûr ! Une très bonne fille, Nicole. C'est terrible, le cancer. Si jeune…

— On m'a dit qu'il y avait une Lemoyne dans sa parenté.

Octave fronce les sourcils. Ce n'est pas toujours facile de se remémorer tous les liens familiaux à travers tant de générations. Il prend son temps.

— Oui, tu as raison. Sa grand-mère, n'est-ce pas ? C'est vrai, elle lui ressemble un peu. Les mêmes yeux verts. Mais Serge aussi a les yeux verts. Les Lemoyne de Duclos et les Lemoyne de Wakefield sont des branches très différentes. Il y a deux siècles, c'était sans doute une même famille. Même là, je n'en suis pas sûr. Ces Lemoyne-là venaient de Charlevoix. Nous autres, des Cantons-de-l'Est. Nous n'avons que le nom en commun. Et Nicole était une Bourgeois. Si on remontait à Adam et Ève, on découvrirait que nous sommes tous cousins.

— Et le lac Turcot ? Vous savez d'où lui vient son nom ?

— Il s'est toujours appelé comme ça. Bien souvent, on donne à un lac le nom du premier propriétaire connu. Celui-là n'a sans doute pas eu de descendants. Ou bien, ils sont partis ailleurs. Je n'ai jamais connu de Turcot dans la région. Non, attends, je me trompe. Quand j'étais jeune, j'ai entendu ce nom. Quelqu'un qui venait de disparaître. C'est vague, c'est trop loin…

Geneviève nage plus vite que Serge. Arrivée la première, elle le regarde sortir de l'eau. Un beau garçon, tout en muscles. Ils s'assoient sur les roches. Ils sont pieds nus et ne peuvent pas visiter le terrain, mais la vue sur le lac est très belle.

— C'est mon domaine, dit-elle en souriant. J'y viens toujours seule. La fin de semaine, depuis que j'ai une bicyclette avec des pneus tout-terrain.

Elle lui fait donc une faveur spéciale en l'y invitant.

Elle a envie de dire quelque chose, sans trop savoir quoi. C'est là, dans son cœur. Un besoin de parler. Un besoin de partager des émotions profondes.

— Des fois, j'apporte un goûter. Ou un livre. Ou rien. Je regarde. Les arbres, les écureuils, un papillon qui passe, une abeille, n'importe quoi. Le lac, tellement calme. Ici, je sens quelque chose qui me prend tout entière. C'est difficile à dire.

— Je comprends. Moi aussi, j'aime aller dans le bois. Grand-père m'a appris à tout connaître. Il a une grande propriété, près de là où on a pris les fraises. Avec une cabane qui doit dater d'au moins un siècle. Il y va souvent et il y reste pendant des jours. C'est très fort, l'appel de la forêt, n'est-ce pas ?

Elle hoche la tête. Elle s'en veut de ne pas savoir parler avec de longues phrases, de ne pas pouvoir exprimer ce qu'elle ressent. Elle a aussi l'impression que ce n'est pas nécessaire. Serge a compris tout de suite. Il est comme elle.

— Ça a commencé ici, explique-t-elle. L'été dernier. Nous étions venus nous baigner et pique-niquer. Mon père avait oublié le vin. Il est allé en chercher chez Pilon, avec Lise et Solange. Je suis restée pour surveiller les braises dans le barbecue. Il y a des voisins, ce n'est pas un coin désert, mais c'était la première fois que je me sentais seule en forêt. C'était tellement bon…

Serge éprouve une sorte de frisson. Geneviève est une belle fille et son maillot d'une pièce le montre amplement. C'est toutefois surtout son visage, son regard, qui l'attirent. Une sauvagerie secrète, avec un soupçon de détresse, d'incertitude.

— Tu as alors senti que tu étais une louve. Que tu avais trouvé ton véritable élément. Tu étais chez toi.

C'est un commentaire bien inattendu. Geneviève ne réagit pas tout de suite. Ses lèvres tremblent un peu. Elle a entendu ce qu'elle voulait entendre, et qu'elle appréhendait aussi. Il a deviné ce qu'elle était. Ce qu'elle est.

— Souvent, lui confie-t-il, quand je vais dans le bois, c'est pareil. Je m'imagine en train de courir. Je poursuis des bêtes, je chante une chanson à la lune…

Elle voudrait s'approcher, lui prendre la main, le toucher. Elle ne bouge pas. C'est un instant magique, qu'il ne faut pas troubler.

Le silence se prolonge. Ils se sentent bien. Il est aussi temps de rentrer.

— Merci de m'avoir laissé entrer dans ton domaine. J'apprécie.

Geneviève sourit. Tout est bien. La vie reprend son cours.

— Mon père dit à Lise qu'elle devrait y construire une maison. Elle pourrait la vendre ou la louer. Lise préfère ne pas y toucher. Si elle attend assez longtemps, je pourrai peut-être l'acheter.

Elle a dix-sept ans, elle ne peut qu'en rêver. Serge lui tend la main, mais elle se redresse sans son aide, d'un geste agile.

— Tu sais à quoi je pense ? Nous sommes deux enfants de la forêt.

— Je pensais la même chose, dit-il.

« L'important, c'est d'être deux », allait-il ajouter. C'est inutile : ils le savent.

Certains ont commencé à manger. D'autres surveillent encore les steaks, les hamburgers, les côtes levées et les cuisses de poulet. Berthe a un barbecue à gaz. Pour une quarantaine de personnes, ce n'est pas suffisant. André Saunier et Claude Brousseau ont apporté les leurs. Gustave se sert de deux appareils traditionnels et préfère le charbon de bois aux briquettes, dont il trouve la chaleur trop vive.

Plusieurs, surtout les plus jeunes, s'attardent encore dans le lac, jouent à la balle, batifolent avec des nouilles flottantes, se prélassent sur des matelas pneumatiques ou se contentent de nager entre le quai de Berthe et celui de Gustave. Linda, toujours avec ses amis Jade et Daniel, sourit en voyant Serge avec Geneviève. Ce garçon l'attire, mais elle comprend qu'il l'ait toujours trouvée trop jeune pour lui. Son goût pour les sciences l'a rendue très réaliste.

— Vous avez fait une bonne nage ?

— Super ! Un jour, j'habiterai ici, s'exclame Geneviève.

— Tant mieux, nous serons voisines.

Sa grand-mère lui a dit qu'elle lui laisserait son chalet quand elle sera trop vieille pour s'en occuper. Elle risque d'attendre longtemps, car Berthe semble encore plus vigoureuse en prenant de l'âge.

— Ce n'est pas à Masham que tu feras une carrière scientifique, note Daniel.

— Il y a toutes sortes de laboratoires et d'instituts de recherche à Ottawa. J'aime trop la région pour m'en éloigner. Et toi ? demande-t-elle à Jade.

— Quand je pense à la propriété que Boris s'est achetée, je me dis que c'est un paradis. Je ne sais pas encore ce que je vais faire, mais j'ai surtout envie de voir le monde. Tous les pays. D'y vivre. J'ai une âme de gitane, je crois.

— Les marins ont toujours un port d'attache, dit Daniel. Ça pourrait être ici.

Lise s'approche.

— La popote est prête, annonce-t-elle. Vous vous êtes rendus jusqu'au terrain ?

— Traverser le lac, ce n'est rien.

— Moi, je ne m'y risquerais pas. Mais je vous ai regardés, vous nagez vraiment très bien, tous les deux.

Elle vient d'avoir une longue conversation avec Marie-Claire à propos des adolescents, qu'elles ont vus partir ensemble :

— Serge est habituellement très réservé. Je suppose que Geneviève l'a invité.

— Je ne sais pas. Jusqu'à présent, elle n'a pas montré grand intérêt pour les garçons. Mais ils semblaient s'entendre très bien samedi dernier, aux fraises.

— Il faut bien commencer un jour. Ils ont l'âge. Geneviève m'a l'air bien gentille.

Elles éprouvaient une certaine solidarité de parents devant les premières fréquentations de leurs enfants. Lise avait mentionné que Geneviève l'inquiétait un peu. Elle avait du mal à faire une bonne nuit de sommeil. Au moins deux fois, elle était sortie dans la cour, disant que c'était étouffant dans sa chambre, même avec la fenêtre ouverte. Marie-Claire avait remarqué que Serge aussi se levait parfois, passait une heure dehors, puis rentrait se coucher, expliquant qu'il dormait mieux après avoir pris un peu d'air frais. C'était curieux qu'ils aient des attitudes semblables. Du somnambulisme ? Non, tous deux paraissaient bien éveillés.

Marie-Claire n'y attachait pas trop d'importance. Au fond, quand on souffre d'insomnie, mieux vaut respirer l'air du soir que prendre un verre, comme elle, ou des comprimés. Les raisons de ces insomnies ? Un lien avec la croissance peut-être. Serge lui semblait tout à fait équilibré, nullement porté à être angoissé.

Pour Lise, ce qui est surtout intrigant, c'est la coïncidence. Et ça cadre tellement bien avec ses pressentiments ! Elle observe les jeunes gens durant le repas. Ils dévorent avec appétit, bavardant à bâtons rompus avec Jade, Linda et Daniel. Elle vient à peine de finir son dessert qu'Octave s'approche :

— Viens, je te présenterai la mémoire ambulante du comté. Je crois qu'elle a la réponse. Elle a connu un Turcot.

Serge se joint à eux, par curiosité et pour rester près de Geneviève. Madame Dumoulin, l'œil vif, alerte, a sans doute quatre-vingts ans.

— Mon père a acheté la propriété pour la chasse et pour la pêche, raconte-t-elle.

Il a bâti une cabane. Nous y venions souvent quand j'étais petite. Plus tard, on l'a détruite pour construire la maison. Il fallait un plan de localisation. C'est alors que j'ai vu le contrat d'achat, avec l'historique de la propriété. Elle avait appartenu à Moïse Turcot, qui l'a vendue à Philibert Fournier en 1870.

— Vous vous souvenez de la date ?

— À cause de Duclos. Bien sûr, c'était longtemps avant ma naissance ! Mon grand-père m'a raconté l'histoire. Dès les débuts, il y a eu deux villages, Duclos et Sainte-Cécile. La population grandissait, les chapelles ne suffisaient plus, il fallait une église. Le curé de l'époque a décidé de la construire à Sainte-Cécile. Les gens de Duclos l'ont très mal pris. Faire cinq ou dix kilomètres pour aller à la messe, en hiver, c'est dur. Ils ont refusé de se rendre à la nouvelle église. Ils en ont plutôt bâti une autre chez eux. Le curé ne voulait pas s'y rendre. Alors, ils s'en sont passés.

— Des chicanes de villages, commente Octave.

— Les gens de Duclos étaient très religieux, poursuit madame Dumoulin, mais ils tenaient à leur point de vue. Ils ont construit leur école et leur cimetière. L'un d'entre eux servait de ministre du culte. On les a longtemps appelés « les protestants catholiques », « les frères séparés », et surtout « les Suisses ». Avec le temps, les gens sont morts et tout est rentré dans l'ordre. Même leur église a été démontée.

Geneviève et Serge échangent un regard fasciné. La vieille dame, qui a visiblement encore des choses à dire, réfléchit, rappelle des souvenirs :

— Oui, c'est comme ça. Turcot a vendu ses terrains sur le lac et s'est établi à Duclos avec les autres. À l'époque, on l'appelait le lac Vert. C'est bien plus tard qu'on l'a appelé Turcot. Mais personne ne savait plus de qui il s'agissait. On avait trouvé son nom sur les plus anciens documents, c'est tout.

L'expression de madame Dumoulin change brusquement :

— Là, ça me revient. Grand-père disait que Moïse Turcot avait été chassé d'ici, c'est pourquoi il vendait ses terrains. Les gens ne le supportaient plus. On racontait sur lui des histoires abominables.

— Des histoires de loups ?

Lise n'a pu s'empêcher de poser la question. Elle remarque que le visage d'Octave s'est tout à coup durci. La vieille dame hoche la tête.

— C'est vrai, on parlait de loups. Grand-père ne m'a jamais donné de détails. Des bribes, des allusions. On racontait que Turcot s'entendait bien avec ces bêtes. Quand les loups tuaient des poules ou des veaux, on accusait Turcot de les envoyer chercher sa nourriture. Je sais aussi que Moïse Turcot n'a pas été enterré à Duclos. Là-bas non plus, les gens ne l'aimaient pas. Grand-père m'a dit qu'il s'est établi plus loin, près du lac Notre-Dame je crois. Dans ce temps-là, c'était vivre en pleine forêt. Maintenant, je me sens bien fatiguée, je vais me coucher.

— Juste une dernière chose, madame Dumoulin. A-t-il eu des descendants ?

Octave aussi semble suspendu aux lèvres de la vieille dame. Un vieux souvenir vient de le troubler. Il rend souvent visite à Berthe et n'a jamais vraiment pensé au nom du lac. Maintenant, ça remonte à la surface, encore vaguement.

— J'ai connu le dernier Turcot, dit-elle. Réal Turcot. Il y a cinquante ans. Enfin, il a disparu il y a cinquante ans. Les gens racontaient de drôles de choses. Qu'il s'était enfui. D'autres, qu'il avait été tué.

— Pourquoi ?

— Il avait fait un enfant à une fille du coin. Des jumeaux, je crois. C'était très mal vu. Une Lemoyne de Duclos. Flavie Lemoyne. Non, Pricille. Ses parents venaient de Charlevoix. Une belle fille aux yeux verts… Comme lui, d'ailleurs.

Octave sent un déclic dans sa mémoire. C'était arrivé en même temps que le décès de son grand-père. Il avait oublié ce Turcot parce que les conditions tragiques de cette mort avaient effacé tout le reste.

— Et il était le dernier Turcot ? demande Lise.

— Oui. Parce que les autres se sont appelés Turcotte. Plusieurs ont même changé le nom de leurs parents sur les documents. Si tu veux, nous en parlerons une autre fois. Avec tout ce soleil et ces gens, je tombe de sommeil.

8

UNE VIEILLE HISTOIRE

LE TÉLÉPHONE SONNE. QUI PEUT BIEN APPELER À ONZE HEURES DU SOIR? MARIE-CLAIRE PREND L'APPAREIL.

— Non, Octave n'est pas là. Il est venu après le souper, mais il allait passer la nuit dans sa cabane. Tu es sûre que c'est elle ? Octave a dit qu'il ferait un tour demain. Au moins, il saura qu'elle rôde toujours dans le coin.

Elle raccroche et se tourne vers Claude.

— C'est ta fameuse bête, dit-elle. Bobby l'a vue dans son clos à autruches.

Claude allume une cigarette. L'idée même de revoir la bête lui tord l'estomac. Il se rappelle ses crocs, il ne voudrait plus jamais s'en approcher.

— Octave a demandé qu'on l'avertisse tout de suite, dès qu'on l'aperçoit. Peux-tu y aller, Serge ?

— J'allais me coucher.

Claude se sent toujours mal à l'aise avec Serge. Comment discuter avec des adolescents qui se cabrent dès que vous affirmez un tant soit peu d'autorité ? Serge ne riposte jamais. Cependant, quand il n'est pas d'accord, sa désapprobation glaciale est pire qu'une franche révolte.

— Et moi, je ne peux pas conduire, tranche-t-il. Et puis, les gars viennent me chercher à six heures du matin, nous sommes en plein dans la finition, nous travaillons sur deux maisons à la fois. Cet argent, on en a besoin pour vivre, et toi, tu manges pour deux. Ça te prendra vingt minutes.

En rechignant, Serge va chercher les clés de la voiture. Il perdrait plus de temps à discuter qu'à passer le message au grand-père, sans dire qu'il prend toujours plaisir à se promener dans le bois, même la nuit. On savoure alors le silence, vite rempli par mille et un bruits qui révèlent la magie de la vie nocturne. Ce soir, la pleine lune est très invitante.

Et il y a la possibilité de voir cette bête. Il a entendu parler de deux incidents. André Saunier avait un contrat pour couper tous les arbres mûrs dans une propriété, ce qui rajeunit une forêt et la laisse en meilleure santé. Il faisait l'inventaire des arbres à abattre quand il s'est aperçu qu'un chien, ou un loup, le surveillait. L'animal l'a ainsi suivi pendant deux heures, sans s'approcher.

Jocelyne Careau, c'était plus sérieux. Elle pique-niquait avec une cousine au bord de la rivière La Pêche, un bel endroit où elle se rendait souvent. Un chien, ou un loup, s'était approché, attiré par la nourriture. Les femmes avaient essayé de le chasser. La bête ne reculait pas. Prises de peur, elles s'étaient enfuies. L'animal les avait pourchassées jusqu'à la voiture. Ces choses n'arrivaient jamais dans la région.

Octave possède deux cents hectares de forêt, un beau domaine qu'il garde à l'état sauvage, avec une vieille cabane en rondins. Un jour, Wakefield s'étendra de ce côté et sa propriété vaudra de l'or. Pour l'instant, il y fait la chasse à l'automne, il y a toujours du chevreuil. En été, il y passe parfois la nuit. Sa maison est toujours ouverte à la parenté, il aime les grandes rencontres, mais il a besoin de prendre de temps en temps une bonne ration de solitude.

Qui peut bien venir à une heure aussi tardive, quand il fumait une pipe avant de se coucher ? Il a toujours éprouvé une sympathie particulière pour Serge. De tous ses enfants et petits-enfants, il est celui qui aime le plus la forêt. Si cela ne provoquait pas trop de bisbille dans la famille, Octave lui léguerait son domaine.

— Bonsoir, garçon ! Tu t'es encore chamaillé avec Claude ?

— Pas aujourd'hui. On a vu votre bête.

À mesure que Serge lui fournit les détails, Octave a l'impression de recevoir des chocs électriques. Enfin ! Enfin !

— C'est une chance unique, décide-t-il. Allons-y.

— Vous n'avez pas votre voiture ?

— La nuit est belle, je suis venu à pied. Une heure de marche, c'est excellent pour la santé. Rien ne vaut une bonne promenade dans le bois pour te mettre en forme. Mais c'est un peu loin pour me rendre chez Bobby.

Serge ne s'attendait pas à ce que cette course prenne tant de temps.

— Je vais à l'école, demain.

— On y jette un coup d'œil et tu me déposes chez moi. À ton âge, quelques heures de moins de sommeil, tu ne t'en rends même pas compte.

Il prend sa carabine, une boîte de balles et monte dans la voiture. Serge n'aime pas beaucoup ça, mais hésite à passer une remarque. Grand-père a la tête dure et accepte mal les critiques. À sa façon de regarder la carabine, Octave se rend bien compte des réticences du garçon.

— C'est une bête dangereuse, explique-t-il. Il faut être prêts à se défendre.

— Elle est dans l'enclos. On n'a pas besoin d'entrer. Vous la verrez, et vous saurez si c'est la même. Enfin, du même genre que celle dont vous parliez.

Octave ajoute quelques balles dans le chargeur. Il semble très songeur.

— Ne prends pas la 105. On suivra plutôt le bord de la rivière. Comme ça, elle ne nous entendra pas. Et tu rouleras lentement.

Il se passe les mains sur le visage, comme quelqu'un qui tient à rester réveillé malgré sa fatigue.

— La fois que je l'ai vue, raconte-t-il, j'avais ton âge et j'étais avec mon grand-père. C'est drôle comme les histoires se répètent, n'est-ce pas ? Aujourd'hui, cependant, j'ai ça.

Il serre son arme dans sa main. Serge ne l'a jamais vu aussi soucieux ni aussi déterminé. Il conduit prudemment. Il connaît mal ce coin de forêt, le chemin fait trop de courbes et croise parfois des sentiers où il pourrait se perdre. Ce n'est pas un problème, son grand-père lui fera signe s'il se trompe.

— Quand vous avez vu une bête pareille, c'est il y a cinquante ans. Cela fait plusieurs générations de chiens ou de loups. On les aurait aperçus bien souvent.

— Pas cette race-là. Ils savent se cacher. Comme les yetis, les sasquatchs, les carcajous, ces bêtes qu'on ne voit jamais, mais dont on trouve les traces.

— D'après vous, c'était un chien ou un loup ?

— Va savoir ! Oh ! elle ne me fait pas peur. C'est quand même une bête effrayante. Peut-être parce qu'elle est vraiment belle. Tu es un gars courageux, j'ai pris beaucoup de balles, elle n'a aucune chance. Si nous arrivons quand elle est toujours là.

Ils viennent d'atteindre la route 11, qui longe la rivière.

— Pourquoi voulez-vous la tuer ? Elle n'a fait de mal à personne. Et je crois que vous exagérez. Des loups gris, ça existe, ce n'est pas rare.

— Pas ce gris argenté, uni, sans zébrures. Juste les taches dans les flancs.

— Ça peut être une variété moins connue, ou même une espèce en voie de disparition. Il faudrait plutôt avertir la municipalité, ils sauront quoi faire, consulter des biologistes, appeler des trappeurs, je ne sais pas.

— Non, dit Octave, catégorique. Un virus aussi a envie de vivre. Pour vivre, il a besoin de ton corps, et il te gruge. Tu n'as pas pitié du virus. Tu prends des médicaments et tu le tues. Ces bêtes aussi, il faut les exterminer dès qu'on les voit. Les spécialistes pourront examiner la carcasse. Et puis, c'est entre elle et moi. Une vieille affaire à résoudre.

Serge ralentit en s'engageant dans le chemin qui mène à la propriété de Bobby. L'histoire lui plaît de moins en moins.

— Je n'aime pas ça. Je préfère vous reconduire chez vous.

— Je vais tout te raconter, tu comprendras. Il y a cinquante ans, Wakefield et Masham étaient de petits villages. On connaissait ces bêtes parce que les Indiens nous en parlaient. On n'y croyait pas vraiment. Et puis, un jour, en suivant des chevreuils, Elzéar en a vu une. Quand il nous l'a dit, on a pensé qu'il avait trop bu. Il a rassemblé des amis, Euclide, Wilfrid et mon grand-père. Ils ont trouvé la trace d'un loup, ils l'ont surpris, ils l'ont abattu. Deux louveteaux se sont approchés. Euclide voulait les prendre et les élever comme des chiens. Elzéar a dit que ça ne marche jamais : on n'apprivoise pas vraiment des bêtes sauvages, et il les a tués.

Serge sent ses mains se raidir sur le volant. À la chasse, il n'a jamais hésité à abattre un lapin ou des perdrix. L'idée de tuer un loup dont on ne mange pas la chair le dérange. Abattre ses petits, c'est cruel.

Octave poursuit son récit :

— Un grand mâle, ont-ils dit, un beau poil gris, avec du noir sur les flancs. Grand-père voulait garder la peau. Wilfrid, c'était un Indien. Par sa mère. Il a dit que la fourrure ne valait plus rien avec les trous des balles. Mais la bête, ils ne l'ont pas laissée là. Pour les Indiens, c'était une sorte de bête sacrée. Une bête à tuer, mais avec respect. Ils ont couvert la dépouille de pierres, comme une sépulture. Avec les petits. Cet animal était tellement impressionnant, tellement rare que grand-père et les autres ont trouvé cela normal.

Serge pense que ces gens ont été bien superstitieux. Comment n'ont-ils pas conservé la fourrure d'un loup aussi exceptionnel ? Même sans la vendre, cela leur aurait fait un trophée intéressant. Il n'ose pas soulever la question, voyant Octave enfoncé dans ses souvenirs.

— La bête respirait encore. Grand-père a voulu lui donner le coup de grâce. Wilfrid a dit qu'il ne fallait pas la tuer deux fois. De toute façon, elle n'aurait pas survécu longtemps. Pas avec toutes les roches qu'ils lui ont mises dessus.

Serge pense tout à coup qu'il y a une faille dans ce récit.

— Vous n'étiez pas là, grand-père. Vous n'avez jamais vu cet animal. Wilfrid et les autres en ont fait tout un plat pour se rendre intéressants.

Octave secoue la tête. Il retourne cinquante ans en arrière. Peut-il vraiment raconter cela ? Même après tout ce temps, l'horreur lui tord l'estomac.

— C'est arrivé plus tard, explique-t-il. On a trouvé le corps d'Elzéar dans le bois. Il était absent depuis dix jours. On l'a reconnu à cause des vêtements. Parce que le corps était déchiqueté, il n'en restait pas grand-chose.

— Ça pouvait être un ours. Ils s'attaquent parfois aux gens. Ou bien, Elzéar a pu avoir un accident, ou une crise cardiaque. Les corbeaux dépècent les cadavres.

— Ce n'est pas tout. Quelques jours plus tard, Wilfrid a été tué chez lui, derrière sa maison. Les voisins ont entendu les cris. La bête l'avait égorgé, elle lui arrachait les boyaux. Et elle lui a mangé les parties génitales. Un loup ne fait pas cela. Un ours non plus. Il s'était défendu. On a trouvé du poil gris entre ses doigts.

Serge frissonne. Cela devient plus sérieux qu'il pensait.

— Euclide a été attaqué le même jour. Il était dans son champ, en train de débiter un arbre. Mon grand-père était allé le voir pour lui raconter ce qui était arrivé à Wilfrid. Il a vu la bête quand elle poursuivait Euclide en lui mordant les jambes. Elle a fui en l'apercevant, mais il était trop tard. Euclide était tombé, elle s'était acharnée sur le corps, elle lui avait aussi arraché les parties. Quand il l'a rejoint, Euclide respirait encore. Il a dit que c'était la femelle, puis il est mort.

Jamais Serge n'a entendu parler d'une chose pareille. Aucune bête n'agit comme ça. Il éprouve un froid dans le bas-ventre en y pensant.

— Nous ne pouvions pas laisser ces morceaux de chair humaine comme nourriture pour les oiseaux, les insectes, les rongeurs. J'ai été chargé de les ramasser, de les mettre dans un linge qu'on a enterré avec le reste.

Octave a un frisson d'écœurement en se rappelant la scène. Serge s'imagine en train de recueillir les morceaux sanglants et éprouve le même dégoût. En même temps, il ressent bien de la sympathie pour la bête.

— C'était la femelle, elle vengeait son compagnon. Je la comprends.

— Tu comprends quoi ? Ce qui est important, c'est qu'elle savait qui l'avait tué, et elle les prenait l'un après l'autre.

On fait des films d'horreur avec de tels scénarios. Pour Octave, c'était la réalité. Il avait vécu cela, il avait vu le cadavre et ramassé les lambeaux de chair.

— Aucune bête n'est aussi intelligente, proteste Serge. Même si elle les avait vus tuer le mâle, et ses petits aussi, comment aurait-elle deviné où ils habitaient ? Et puis, quand votre grand-père est arrivé, elle lui aurait sauté dessus.

— Il avait son fusil à la main, elle savait à quoi ça servait. Il a bien compris qu'il serait le prochain, qu'elle l'attaquerait à la première occasion. Mon grand-père n'avait peur de rien. Lui aussi, il avait ses camarades à venger. Il a décidé qu'il l'attendrait. Nous étions quatre à faire le guet, toute la journée, toute la soirée.

— Vous aussi ? s'étonne Serge.

— À cette époque, à dix-sept ans, nous étions des hommes. Vous, vous restez plus de temps à l'école, et c'est mieux ainsi. Nous, nous passions directement de l'enfance à l'âge adulte. Il y avait donc mon grand-père, mon père, l'oncle Edmond et moi. C'était le temps des foins, nous faisions notre travail, mais ensemble, sans nous éloigner trop les uns des autres, et toujours un fusil au dos. Et les jours ont passé, et nous sommes devenus imprudents.

Octave se tait. Sa voix est maintenant rauque, les mots sortent difficilement. Serge comprend qu'il s'agit d'un souvenir qu'il aurait préféré garder pour lui.

— J'ai entendu les cris. J'ai tiré un coup de fusil pour avertir les autres et j'ai couru. J'ai couru tellement vite que j'ai trébuché sur un tronc et je me suis fait une sale entorse. En tombant, j'ai appuyé sur la gâchette, j'ai perdu ma dernière balle. La douleur ne m'a pas arrêté, mais j'allais moins vite. Je l'ai vue, Serge, je les ai vus.

Octave s'éponge le front. Tous ces souvenirs qu'il porte depuis si longtemps ! Et d'autres continuent à s'ajouter. Madame Dumoulin l'a beaucoup troublé en évoquant Pricille Lemoyne. Son amant, dont on ne parlait pas parce que c'était trop contraire aux bienséances, avait pris les jumeaux et était disparu. C'était à la même époque. La famille avait renvoyé Pricille à Charlevoix. On cachait les filles-mères, elles donnaient un mauvais exemple et alimentaient les commérages.

— Vous l'avez vue ? Comment était-elle ?

— La bête était en train de dévorer mon grand-père. Il se débattait encore et la bête lui mordait les bras, le ventre, crachant les morceaux au fur et à mesure. Comme si elle y prenait plaisir. J'avançais de mon mieux en m'appuyant sur mon fusil. Je n'avais plus de balles, mais je pouvais au moins la frapper, lui faire lâcher prise. Mon père et mon oncle arrivaient déjà. La bête les a entendus. Elle a arraché les parties de mon grand-père et les a crachées. Et elle s'est enfuie. En zigzaguant, pour éviter les balles. Mon grand-père était mort. Ils étaient tous morts. Les quatre. Et personne n'a jamais revu cette bête. Sauf Claude, l'autre soir.

9

REFLET DE LUNE

À LA DEMANDE DE SON GRAND-PÈRE, SERGE ÉTEINT LES PHARES ET AVANCE LENTE-MENT JUSQU'À LA MAISON DE BOBBY. Une lampe de sécurité, sensible au mouvement, les éclaire brusquement. Une fenêtre s'ouvre quand ils sortent du véhicule.

— Je pensais bien que tu viendrais, dit Bobby.

— Elle est toujours là ?

— Elle y était il y a une demi-heure.

— Tu viens ?

— Non. Elle me fait peur. J'ai pensé que je n'aimerais pas avoir une bête pareille autour de chez moi quand j'amènerai mes autruches. J'ai pris mon fusil, j'ai voulu tirer, et je n'ai pas pu. Son regard… Ce n'est pas celui d'une bête. Elle est trop belle, elle m'impressionne. On dirait un morceau de lune qui serait tombé.

Octave fait signe à Serge de le suivre. Il pense d'abord à refuser, puis la curiosité l'emporte. L'enclos se trouve à cent mètres. Bobby a déjà installé plusieurs projecteurs qui éclairent le terrain défriché. On a arraché les arbres, mais on n'a pas fini de les débiter et il reste encore bien des arbustes, des tas de pierre, des cordées de bois, ainsi qu'un tracteur. L'endroit est aussi grand qu'une cour d'école. La haute clôture, cependant, fait penser à une prison.

— Faisons le tour, suggère Serge à voix basse, on la verra peut-être.

— Si elle est là, je ne la laisserai pas s'échapper.

Sans hésiter, Octave entre dans l'enclos et ferme les deux pans de la porte. Serge trouve cela imprudent mais ne dit rien, il ne veut pas passer pour un peureux.

— Je compte sur toi, dit Octave. Tu as de meilleurs yeux que moi. Surtout, ne t'éloigne pas, reste toujours à côté de moi.

Ils marchent comme des ombres, évitant de faire du bruit. La bête les a peut-être déjà vus, elle a pu les sentir, même s'il n'y a pas de vent. Octave a déjà préparé sa carabine et tient fermement le doigt sur la gâchette. Serge s'est trouvé un bâton. Il trouve rassurant de tenir au moins ce gourdin dans la main.

Ils examinent méticuleusement ce côté de la clôture, puis contournent le tracteur.

L'herbe est haute, un animal peut facilement s'y dissimuler, il faut regarder partout, être attentif au moindre frisson, au
moindre mouvement.

Ils passent devant plusieurs amoncel-
lements de terre et de roches. La louve peut
se tenir aux aguets derrière un de ces mon-
ticules. Les projecteurs éclairent le terrain,
mais créent aussi de grandes zones d'ombre derrière les obstacles. Serge commence
à avoir mal aux yeux à force de les crisper
pour mieux voir. Il y a tellement d'endroits
où un animal peut se cacher ! Et comment
distinguer une bête grise d'une grande
roche ?

Il touche le bras d'Octave et lui montre un trou large et profond comme une pis-
cine. Bobby a dû commencer à creuser les
fondations de l'étable pour ses autruches.
Ils contournent le fossé et s'engagent dans
les broussailles.

Serge fait signe qu'il a vu quelque chose.
Ils approchent, lentement. C'est une carcasse de jeune chevreuil, le ventre à moitié dévoré.

Il est maintenant facile de comprendre
ce qui s'est passé. La louve, si c'en est une,
a surpris le chevreuil qui, dans sa panique,
cherchant un refuge, a foncé dans l'enclos.
Pris au piège, il a vite succombé.

Il y a autre chose, se dit Serge. Si la carcasse est à peine entamée, c'est que la bête est toujours là, attendant le départ des intrus pour continuer son repas. Octave a dû suivre le même raisonnement, car il fait signe au garçon de reculer. Ils se postent contre un arbrisseau, bien dissimulés, et attendent le retour de la bête.

L'attente est longue. Octave est un chasseur, il ne manque pas de patience. Même s'il n'a pas l'habitude de ces longues attentes, Serge a la sensation de vivre un moment rare, une expérience extraordinaire. Si une bête a pu faire les ravages que son grand-père lui a rapportés, ce doit être un animal exceptionnel, quelque chose à voir dans sa vie. Une bête infiniment cruelle sans doute, mais comment ne pas éprouver de la sympathie pour une louve qui s'attaque aux tueurs de son compagnon et de ses petits ?

Bien sûr, ce n'est pas la même, il s'agit d'événements vieux de cinquante ans. C'est néanmoins la même race, la même espèce.

Serge a toujours été curieux, tous les animaux le fascinent. Pourvu qu'elle revienne, pourvu qu'elle se montre, même un instant. Et pourvu qu'elle ne revienne pas, songe-t-il aussi. Qu'elle continue à vivre sa vie, le plus loin possible des gens.

Soudain, un mouvement, là, à côté. Octave se tourne, lève la carabine.

Trop tard. Une ombre surgie de la nuit a saisi l'arme dans sa gueule et l'a laissée tomber à dix pas, reculant aussitôt dans l'obscurité. Octave se précipite et reprend la carabine. Il se redresse alors, cherchant à deviner où se tapit la bête. Il regarde calmement, comme un chasseur content d'avoir un adversaire à sa mesure.

Là ! À sa droite ! Il tire un coup, puis un deuxième.

Tout à coup, un grognement, à gauche. Y aurait-il deux bêtes ? Ou une seule, qui fait des zigzags pour les surprendre ? Il remarque un frisson dans l'herbe. Il tire.

Il attend. S'il l'a blessée, elle se plaindra. Si elle est morte, elle cessera de bouger autour d'eux.

Un grognement, à droite. Il aperçoit clairement la silhouette grise. Il tire et tire encore, vidant le reste de son chargeur.

— Je l'ai eue, dit-il.

Il avance rapidement vers l'endroit où il a vu la bête.

— C'est impossible. Je n'ai pas pu la rater ! Mais je l'aurai. Je l'aurai !

Il sort la boîte de balles de sa poche. Aussitôt la bête sort de l'ombre, ses crocs se referment sur la main d'Octave, qui pousse un cri de douleur. La louve lève la tête, triturant la boîte dans ses mâchoires. Les balles s'éparpillent à terre. La bête saute de nouveau sur Octave, le renverse et fonce sur sa gorge.

La scène n'a duré que quelques secondes. Sidéré, Serge a éprouvé un choc violent, comme si son cœur éclatait. C'est peut-être un monstre, un tueur, mais quelle bête magnifique ! Il n'a jamais rien vu d'aussi superbe. Il pousse un cri, bien inutile car Bobby ne peut pas l'entendre. Il court alors vers son grand-père en levant son gourdin. Une arme dérisoire, mais c'est la seule qu'il possède.

La bête disparaît aussitôt. Serge ramasse la carabine et se penche sur son grand-père, étendu, les mains appuyées sur le côté du cou.

— Elle m'a eu, la maudite ! râle le vieil homme. Oublie la carabine, tu ne retrouveras pas les balles. Elle m'a salement mordu. Va chercher Bobby, dis-lui d'appeler une ambulance. Si je me mets à marcher, je perdrai tout mon sang.

— Et… et la louve ?…

— Tu n'as pas compris ? Tu l'as vue, tout de même ! Je ne sais pas ce que c'est, mais ce n'est pas une louve. Ni un chien.

Serge a du mal à mettre de l'ordre dans ses pensées. Pour l'instant, il doit s'occuper du blessé.

— Je ne peux pas vous laisser seul.

— Tu préfères me voir perdre tout mon sang ? Même ensemble, si elle attaque, nous n'avons aucune chance. Marche fermement, sans courir, autrement elle croira que tu as peur, elle te sautera dessus. Mais fais vite. Si on n'arrête pas l'hémorragie, je n'en ai pas pour longtemps.

Serge se sent un grand vide dans le ventre. Son grand-père a raison, et il n'y a pas de temps à perdre. C'était vraiment une mauvaise idée que de fermer les portes de l'enclos. La bête doit se sentir prise au piège, et rien n'est plus dangereux qu'un animal coincé.

Il marche d'un pas résolu, le cœur battant. Il pense à la louve. Il est convaincu que c'en est une, et pourtant… Comment une bête peut-elle se montrer aussi intelligente ? Elle a peut-être rencontré des chasseurs, elle sait ce qu'est une carabine, mais comment a-t-elle pu reconnaître une boîte de balles et deviner qu'il fallait s'en débarrasser ?

Une belle bête, vraiment. Sans raison, dans un cri du cœur, il éprouve une immense solidarité à son endroit. Pourquoi son grand-père s'est-il attaqué à elle ? Cette louve n'est pas responsable de ce qui s'est passé voici cinquante ans.

Il pense aussi que c'est déjà une histoire qui se répète. Un jour, il aura peut-être un petit-fils à qui il racontera comment une louve a tué son grand-père, qui voulait venger son grand-père à lui.

Non, Octave ne mourra pas, Bobby a le téléphone, l'ambulance viendra tout de suite. Serge presse le pas. Il est déjà rendu près des fondations de la future étable. C'est alors que la bête fonce sur lui et le projette dans le fossé.

Il ne s'est pas fait mal, le trou n'est pas assez profond. Il se redresse. La louve a sauté derrière lui et lui fait face, menaçante, le dos rond, bien éclairée par les projecteurs. Serge se met à trembler. Il a perdu son bâton dans la chute, il n'a plus que ses bras pour se défendre. Et on ne peut pas se défendre contre de tels crocs.

La louve le regarde. Longuement. Serge ne peut s'empêcher de l'admirer. Il y a tant d'expression dans les yeux de cette bête ! Des expressions qu'il ne peut pas déchiffrer. Ou peut-être oui. Comme un langage qu'on aurait oublié et qu'on reconnaît quand même.

La louve gronde, sourdement, des sons venus de loin, portés par des instincts profonds. Il est l'ennemi, il fait partie de ceux qui l'ont attaquée, de ceux dont il faut se défendre.

— Nous sommes pareils, toi et moi, murmure Serge.

Il a du mal à comprendre pourquoi il a dit cela. Les mots sont venus tout seuls. Il sait seulement qu'il a essayé de retenir son grand-père.

La bête saute sur lui, rapide, sans préavis. Serge tombe à la renverse. Livide, un nœud dans la gorge, il sent le poids de l'animal sur sa poitrine, il sent son souffle, il sent le museau qui plonge dans son cou.

Soudain, la louve le renifle, comme si elle voulait s'assurer qu'il est mort. Non, elle fait penser plutôt à un chien qui cherche à identifier une odeur.

— Je ne t'ai rien fait, murmure Serge.

La louve le contemple encore et lui lèche la joue, puis l'autre joue. Veut-elle s'assurer qu'il est comestible, autant que le chevreuil ou d'autres proies ?

Lentement, un pas après l'autre, la louve recule en frissonnant et s'élance hors du fossé.

Serge se redresse, ébahi. Que s'est-il passé ? Pourquoi ? Incrédule, et surtout ému, il suit des yeux la louve qui se dirige vers la clôture, la traverse d'un bond extraordinaire et disparaît dans la nuit.

Il se passe le doigt sur la joue et le porte à son nez, pour sentir la salive de la bête. C'est une odeur sauvage, pénétrante, une odeur de forêt. Tout dérouté, Serge comprend qu'en l'épargnant, la bête lui a dit quelque chose.

Quoi ? Quel est le message ? Une bête sauvage qui vous égorge ou vous lèche le visage, aveugle comme la mort, aveugle comme la vie. Quand il se redresse, soulagé, Serge éprouve aussi une étrange impression de manque. Il sait déjà que la bête reviendra un jour.

Et qu'elle reviendra pour lui.

10

LES CIMETIÈRES

LISE DÉJEUNE AVEC GENEVIÈVE ET SOLANGE. MARCEL DUBOIS EST PARTI TÔT, MÊME SI C'EST DIMANCHE. UN CLIENT L'A APPELÉ, ses disjoncteurs ont sauté, il a vu des étincelles dans la boîte. Les gens qui habitent de vieilles maisons commencent à avoir trop d'appareils électriques et ne songent pas toujours à augmenter l'ampérage.

— J'ai eu des nouvelles d'Octave, raconte-t-elle. Il va déjà mieux. On l'a amené à l'hôpital juste à temps.

Même si la blessure était sérieuse, le vieil homme n'avait pas perdu assez de sang pour avoir besoin d'une transfusion. Les points de suture avaient arrêté l'hémorragie. Selon les analyses, l'animal qui l'avait mordu n'avait pas la rage. Par contre, l'examen médical avait révélé, chez Octave, une faiblesse cardiaque, de l'arythmie et des artères engorgées. Vu son âge, on préférait le garder en observation en attendant les résultats de tous les tests.

— Avec ça, commente Solange, on ne me fera pas croire que les loups ne s'attaquent pas aux gens.

— C'est sa faute à lui, proteste Geneviève. Il a essayé de tuer la louve. Elle se défendait. Elle n'a pas attaqué Serge.

Tout en s'aimant bien, les deux sœurs ont l'habitude d'adopter des attitudes différentes, trouvant leurs discussions plus stimulantes.

— Il a eu de la chance, c'est tout. J'espère qu'on fera venir le Service de la Faune pour nous débarrasser de cette bête. Maintenant, j'ai peur dès que je fais deux pas dehors.

— J'espère plutôt qu'on lui fichera la paix. Et puis, on ne sait toujours pas si c'était vraiment une louve. La nuit, on n'y voit pas tellement. Ils l'avaient traquée dans un enclos. Quand on les menace, les chiens qui ont peur sautent parfois sur les gens. Ils mordent. Il leur arrive même de tuer.

— Et alors on les abat. Chienne ou louve, c'est une bête féroce. Octave s'en est tiré de justesse. On ne va pas attendre qu'elle recommence.

Le téléphone sonne. Solange se précipite. Elle est très populaire et les appels sont souvent pour elle. En souriant, elle apporte le portatif à sa sœur :

— C'est ton amoureux, la taquine-t-elle.

Elle a parlé fort, comme si elle voulait que Serge l'entende. Geneviève lui lance un regard meurtrier et prend l'appareil.

— Bonjour ! Oui, très bien. Dans une demi-heure ? Magnifique ! Je serai prête.

Elle n'a pas voulu prolonger la conversation en présence de sa sœur, qui a la fâcheuse habitude de se moquer d'elle, poussant de petits soupirs et roulant des yeux langoureux dès qu'elle a Serge au bout du fil.

— Faites attention au gros méchant loup qui rôde dans les bois.

— D'abord, Serge n'est pas un amoureux. C'est un camarade, et on s'entend bien. Ensuite, nous allons juste visiter des cimetières.

Lise sourit. Quand elle voit sa fille avec Serge, elle a l'impression qu'ils sont plus que des amis. Mais peut-être se fait-elle des idées. Comment savoir ce qui se passe vraiment dans le cœur des gens ? Geneviève elle-même ne s'en rend peut-être pas compte.

— Un cimetière, dit Solange, c'est l'endroit idéal pour être seul avec sa chérie.

— Veux-tu venir avec nous ?

— Des fantômes en plus des loups ? Jamais de la vie ! Là, je vais prendre un grand bain, je ne me suis pas encore lavée.

Quand elles sont seules, Lise regarde longuement Geneviève. Depuis qu'elle a rencontré Serge, depuis qu'elle les a vus ensemble dans le champ de fraises, elle pressent que ces deux-là ont trop d'affinités pour ne pas faire un bout de chemin ensemble. Elle s'en réjouit avec une pointe d'inquiétude, sans oser en parler.

— Pourquoi des cimetières ?

— Je cherche la tombe des Turcot. Le premier et le dernier. Et d'autres, si on en trouve. Moïse Turcot n'a pas été enterré à Duclos. C'est ce qu'a dit madame Dumoulin. Sa tombe, c'est sans doute juste une pierre dans la forêt, quelque part près du lac Notre-Dame. Réal Turcot, on a davantage de chance de le trouver.

— On ne sait même pas s'il est vraiment mort par ici. Il a disparu. Le reste, ce sont des racontars. As-tu consulté la liste des gens qui sont enterrés au cimetière Sainte-Cécile ?

Geneviève a parfois visité ce cimetière, très beau, bien aménagé, bien entretenu, avec les sépultures en rangée comme dans un jardin. Les tombes très décorées, plusieurs avec des obélisques, des croix, des

Vierges, des anges. Des dalles rectangulaires ou rondes, souvent avec des dessins creusés dans la pierre.

— Nous n'irons pas.

— Pourquoi ? C'est le plus grand.

— Ça ne vaut pas le coup. Je me suis renseignée. Le premier cimetière date de 1845. Vers 1870, on a bâti l'église à cet endroit et on a déménagé le cimetière un peu plus loin. Quarante ans plus tard, il était trop petit. Et puis, c'était un bon endroit, on voulait y construire le Couvent du Sacré-Cœur. On a de nouveau déménagé les tombes jusqu'à leur emplacement actuel. Alors, j'ai raisonné. Si on y avait enterré Réal Turcot, les gens l'auraient su. C'est il y a cinquante ans.

— Celui-là, on risque de ne jamais le retrouver.

— Ses ancêtres non plus. Enfin, pas là-bas. Parce que ça a toujours été un cimetière catholique et les gens pensaient que les Turcot étaient des loups-garous.

Elle a lancé ça comme si c'était la chose la plus naturelle. Lise sursaute. Elle y a souvent pensé, sans jamais en parler, de crainte de s'attirer des moqueries.

— Tu n'y vas pas de main morte ! Personne n'a dit ça.

— Tu le sais aussi bien que moi. Sans ça, tu ne l'aurais pas demandé à madame Dumoulin. Elle te l'a confirmé. Sans vouloir le dire clairement, parce qu'on aurait ri d'elle. Je ne dis pas que les loups-garous existent, je dis seulement que les gens y croyaient. Un loup-garou, c'était le diable. Alors, on ne trouvera pas cette branche de Turcot dans un cimetière catholique.

Serge arrive à l'heure prévue. Solange descend en robe de chambre.

— Soyez sages… mais pas trop, lance-t-elle d'un air taquin.

Geneviève hausse les épaules et monte dans la voiture.

— Elle roule très bien depuis qu'ils l'ont réparée, dit Serge. Claude a quand même envie d'en acheter une autre. Il me vendra celle-ci pas cher. J'en aurai besoin pour aller au cégep.

Le collège se trouve à Gatineau, à trente kilomètres de chez lui, et il n'y a pas de service d'autobus.

— Moi, je ne sais pas encore. Enfin, j'ai le choix. Lise va souvent en ville, mais je ne veux pas déranger. J'ai deux options de covoiturage. Mon père m'offre aussi de

me payer une chambre. Ou un apparte-
ment, avec une copine ou deux. Je n'aimerais pas ça, vivre en ville. J'aime trop
sentir la forêt autour de moi.

— Tu sais quoi ? dit Serge, brusquement. Chaque fois que je vais te rencontrer,
j'ai le trac. Je me sens gauche. Après quelque temps, je me sens bien.

C'est une déclaration bien inattendue.
Geneviève sourit et lui touche la main :

— Moi aussi, avoue-t-elle. Une petite
inquiétude. Je ne pensais pas te le dire. C'est
là, tout simplement. Et puis nous sommes
ensemble et tout est bien.

Ils arrivent au cimetière Halls, le plus
ancien de la région, qui surplombe la route
105. Il donne une impression de désuétude,
d'abandon. Des gens le fréquentent toujours, on y voit des fleurs fraîches, mais il
ne peut pas être agrandi et on n'y enterre
plus personne.

— C'est très romantique, constate
Geneviève.

— Oui, j'aime ça. C'est bien d'avoir
choisi un terrain en pente.

— Sans doute parce qu'on ne pouvait
pas faire de la culture sur le sommet de la
colline. Bon, essayons de voir s'il y a un
Turcot.

— Ou des Lemoyne.

Les sépultures ne sont pas toujours bien alignées et il n'est pas facile de parcourir les lieux systématiquement. Parfois elles semblent avoir été placées au hasard, car les espaces sont irréguliers. Peut-être des familles ont retiré des tombes pour les apporter au nouveau cimetière. On trouve quelques colonnes imposantes, grugées par des lichens rouges et de la mousse noircie par le temps.

— Il y a moins d'obélisques qu'au cimetière Sainte-Cécile. Et peu de croix.

— Ce n'est peut-être pas une tradition protestante, suppose Serge.

Les sépultures sont surtout marquées par des dalles de granit. La plupart sont grises. Certaines, roses, blanches ou noires. Plusieurs sont inclinées ou même renversées, le sol s'étant affaissé sous le poids au cours des décennies. Il n'est pas toujours facile de lire les inscriptions. Ce n'est pas un problème, car il suffirait de quelques lettres pour savoir s'il s'agit d'un Turcot ou d'un Lemoyne.

— C'est très anglais, n'est-ce pas ?

— Oui, dit Serge. Quelques noms français. Sans doute des mariages mixtes.

— Ou des francophones qui n'étaient pas catholiques.

Certaines inscriptions attirent leur attention. Un enfant, mort le 4 octobre 1885 à l'âge de 7 ans, 19 mois et 22 jours, précise-t-on. Un vieil homme, décédé le 9 novembre 1918 à 84 ans. Comment vivait-on à cette époque ? Ça leur paraît si loin !

— Bon, on n'a rien trouvé. Ça te dirait, une pizza ?

— Bonne idée ! répond-elle.

Qu'il se sent bien avec cette fille ! L'année précédente, il a fréquenté une compagne de classe. Elle lui semblait tellement difficile, compliquée, critiqueuse, discutant de tout, plus prompte à dire non qu'à essayer quoi que ce soit, incertaine de ce qu'elle voulait vraiment faire ! Ça l'avait refroidi. Autant rester seul. Geneviève, c'est de l'air frais, un rayon de soleil.

Elle, elle sent surtout chez Serge quelque chose de solide et de profond. Pourtant, il n'a pas changé. C'est donc elle qui le voit différemment. De la même façon, la forêt a toujours été là. Et puis, un jour, elle s'est trouvée seule dans le lopin de Lise. Ce n'était pas la première fois. Et là, tout à coup, elle a éprouvé un sentiment nouveau, des liens intimes, une sorte d'appel qui la remuait. Serge et la forêt, deux choses qui existaient et que maintenant elle découvre.

Peut-être parce que quelque chose est en train de changer en elle.

En attendant leur pizza, ils contemplent la rivière Gatineau, très large à cet endroit.

— Tu t'imagines, quand les coureurs des bois passaient par ici ? Plus tard, les draveurs… C'est un beau coin ! As-tu essayé les promenades Radisson ?

Le restaurant se trouve à deux pas d'*Expéditions Radisson*, qui organise divers types de randonnées.

— Oui, dit-elle. Une belle expérience ! Descendre la rivière en canot, se laisser porter par le courant, un coup de rame à gauche, un autre à droite… Et le traîneau, l'hiver ! J'aime beaucoup les chiens. Les voir courir devant toi, en te tirant…

Geneviève sourit, radieuse. Des bouffées d'adrénaline ! Quand il la voit aussi enthousiaste, Serge se sent moins intimidé par la jeune fille.

— Moi aussi, j'aime les chiens. Et cette louve…

— Tu as dû avoir peur.

— Beaucoup ! Je l'avais vue quand elle a sauté sur grand-père. En même temps, je me sentais très calme. Je ne lui voulais aucun mal. Je me disais qu'elle comprendrait cela. Nous étions pareils.

— Pareils ? s'étonne-t-elle.

— Deux êtres vivants, plongés dans la même nature. Aucune raison de s'attaquer l'un l'autre. C'est plus que ça : je l'aimais. Si tu l'avais vue, superbe, un reflet de lune…

— Au fond, tu es chanceux de l'avoir rencontrée. Moi, je ne peux qu'en rêver.

Il lui raconte alors toute l'histoire d'Octave. Il n'avait pas eu l'occasion de lui en parler aussi en détail depuis sa rencontre avec la bête. Jusqu'à présent, il s'en était tenu à l'essentiel, présentant l'incident comme un accident de chasse. Une chienne devenue sauvage, qui pouvait être une louve. Piégée, acculée dans l'enclos, elle avait sauté sur l'homme qui la menaçait puis s'était enfuie.

Geneviève écoute attentivement, essayant d'y trouver des liens avec le peu qu'elle sait du dernier Turcot, disparu à la même époque. Elle admire aussi le courage de Serge, son sang-froid. Son attitude envers la louve la touche beaucoup.

— Ton grand-père t'a-t-il parlé de Réal Turcot ? Quand madame Dumoulin l'a mentionné, il est devenu bien pâle. Il doit s'en souvenir.

— Ces temps-ci, je pense surtout à nos examens ! J'ai bien songé à le lui demander, mais les choses s'enchaînent, il n'avait la tête qu'à cette bête, on n'a pas abordé le sujet. Si on avait eu plus de temps…

Ce vieil homme doit connaître tant de choses ! Surmontant son hésitation, Geneviève pose la question qui lui brûle la langue :

— Il a parlé de loups-garous ?

— Jamais. Les loups-garous, ce sont des trucs de cinéma. Il n'est pas idiot, grand-père. Il sait qu'il aurait l'air ridicule. Cependant, sa manière de parler de la bête… Dès la première fois, à la quincaillerie, il disait qu'elle n'était ni chienne ni louve, une sorte d'animal fantastique… Et c'est vrai que ce n'est pas une bête ordinaire !

— Et elle t'a léché le visage… C'est étrange. C'est beau. Très doux.

— Sur le coup, c'était surprenant. J'avais vu ses crocs blancs, les babines retroussées. Je m'attendais à ce qu'elle me saute à la gorge. Alors, ce geste…

Il sourit, encore émerveillé.

— J'aurais aimé qu'une telle chose m'arrive ! s'exclame Geneviève. Bien que… C'est peut-être une expérience dont on peut se passer.

On voit pourtant dans ses yeux qu'une telle rencontre fait déjà partie de ses rêves secrets. La pizza arrive, chaude et succulente.

— Tu dévores comme un loup, remar-
que-t-elle, amusée.

— Et toi ? Tu devrais te voir ! C'est vrai
qu'elle est bonne.

— Je pense au travail qu'on a fait pour
Rivard. Moi, c'était facile, mon père avait
son arbre généalogique.

L'ancêtre Fulgence Dubois, né à Rigaud
en 1892, avait épousé Annonciade Lépine,
de Sainte-Cécile, en 1913, et s'était établi
dans la région. Au cours des générations,
les Dubois s'étaient toujours impliqués dans
la vie communautaire. On les retrouvait
dans plusieurs fonctions : gérant de la caisse
populaire, secrétaire de la commission scolaire, conseiller municipal. La plupart
avaient été commerçants. On y disait assez
peu de choses des femmes. L'une avait été
enseignante ; la plupart, des mères au foyer.

Du côté de Serge, c'était plus flou. Il ne
voulait rien demander à son père. Depuis
le divorce de ce dernier, ils se fréquentaient
peu. Sa seule source, c'était Octave, qui avait
bonne mémoire mais pas de documents.
Il se souvenait d'un aïeul, Yvon Guindon,
qui avait été sellier et cordonnier vers 1900.
Un autre élevait des vaches laitières et pos-
sédait une beurrerie. Serge portait le nom
de son père, mais il se sentait plus proche
de la famille de sa mère, les Lemoyne.

Octave savait qu'il y avait déjà des Lemoyne dans la région vers 1870, quand on a construit l'église de Sainte-Cécile. Bûcherons, cultivateurs, ils possédaient surtout des terres à bois, puis des fermes. Un oncle avait ouvert une sucrerie. Le père d'Octave avait innové en devenant notaire.

— Le problème des arbres généalogiques, note Geneviève, c'est qu'ils retracent la ligne paternelle. Une partie importante des gènes se transmet uniquement par la mère. D'après Lise, j'ai une Lemoyne dans ma lignée.

— Grand-père me l'a dit. Mais c'était une Lemoyne de Charlevoix.

— Comme celle avec qui Réal Turcot a eu les jumeaux. C'est peut-être la même histoire que les Turcot et les Turcotte. Des liens qu'on a voulu cacher.

— Penses-tu que nous sommes cousins ?

— Quand on regarde les arbres généalogiques des familles d'une même région, on s'aperçoit que bien des gens sont cousins et cousines. De très loin. Après deux ou trois générations, ça ne veut plus rien dire.

— Et nos yeux verts ?

— C'est surtout le hasard. Autant qu'on sache, nos deux familles ne se sont pas mêlées depuis bien des générations. Avant, on ne sait pas.

Il est temps de poursuivre leur enquête. Le cimetière Maclarens, pas loin du Moulin Wright, est plus moderne et mieux aménagé que le cimetière Halls, avec les sépultures disposées en rangées. La plupart des dalles semblent plus récentes, plus faciles à lire. On en trouve aussi des anciennes, marquées par les années. Debout ou couchées sur les tombes. Surtout rectangulaires, parfois rondes, et même taillées en forme de cœur. Dans un cas, au lieu d'une plaque de granit, on a posé une grande roche rustique, à peine arrondie, inscrite au nom du défunt.

Les jeunes gens s'arrêtent devant la tombe de l'ancien Premier ministre Lester B. Pearson, qui a vécu ses dernières années à Wakefield. C'est une simple dalle entre deux buissons, ornée de quelques fleurs. Serge mentionne qu'Octave l'aimait beaucoup et en dit toujours du bien. Pour Geneviève, c'est une page d'histoire assez lointaine. L'homme lui est toutefois sympathique, avec son visage souriant qu'elle a encore vu à l'entrée du cimetière.

Ils continuent à examiner les dalles, toujours propres et bien entretenues. On recommande de ne pas marcher sur les tombes,

surtout les plus anciennes, car le sol pourrait céder sous le poids. Aucune ne porte
le nom de Turcot ou de Lemoyne.

— Fin de la visite, dit Serge. On n'a rien
trouvé.

— On a trouvé quelque chose : il n'est
pas enterré ici.

Ils se sourient alors, comprenant que
cette belle journée a surtout été un prétexte
pour être ensemble. Pour s'apprivoiser.

11

ÉCLAT DE SOLEIL

À L'HEURE DU LUNCH, SERGE, GENEVIÈVE, LINDA ET DANIEL S'INSTALLENT DEHORS, AU SOLEIL. DES CAMARADES SE JOIGNENT à eux. Depuis que Serge a rencontré la louve, on essaie toujours de lui faire parler de son aventure. C'est irritant, mais il ne peut pas se dérober aux questions. Il n'a cependant jamais dit à personne, sauf à Geneviève, que la bête lui a léché la joue. Linda l'écoute toujours avec ravissement. Quel dommage qu'il soit amoureux de Geneviève, et pas d'elle !

L'apparition de cette bête, ou de ces bêtes, dans la région, est devenue un grand sujet de conversation au village. De plus en plus de gens sont inquiets. Elle s'est attaquée à Octave et se trouvera d'autres victimes tôt ou tard.

— Moi, déclare Pascale, j'évite de sortir dès qu'il fait sombre. J'ai trop peur.

Elle a appris l'avantage d'inspirer pitié.

En se montrant fragile et vulnérable, elle invite les autres à la protéger, ce qu'elle trouve bien agréable.

— Ça ne t'avance pas à grand-chose, remarque Bernard. Des gens ont vu des loups en plein jour.

C'est un fonceur, un batailleur, cédant toutefois quand ça tourne mal.

— Pas nécessairement des loups, rappelle Linda. Le plus probable, c'est qu'il s'agit de chiens errants.

Ils se tournent tous vers Serge. Lui, il a vu l'animal de près.

— Comment savoir ? Même dans les films, on prend des chiens pour jouer des loups. D'après le Service de la Faune, il n'y a pas de loups dans la région.

Bernard hausse les épaules :

— Ces gens se promènent en avion et voient les choses de loin. Le lac des Loups, c'est à quelques kilomètres. Si on l'a appelé comme ça, c'est qu'il y en avait.

— Il y a longtemps, signale Linda. S'il en reste, ils ont assez à manger dans la forêt. Ils n'ont aucune raison de se rendre dans les coins habités.

— Alors, demande Renée, pourquoi en aperçoit-on tellement ces temps-ci ? Je ne vois pas pourquoi ce seraient des chiens. Si au moins on avait une photo !

Robert la regarde. Il essaie depuis long-temps d'attirer son attention. C'est peut-être l'occasion de se faire valoir.

— Heureusement, dit Pascale, mes parents déménagent à Gatineau à l'automne. Je n'ai plus qu'un été à passer ici. Un été à avoir peur.

Elle ponctue sa phrase d'un frisson exa-géré. Daniel la regarde lourdement. Dire qu'il a déjà eu le béguin pour cette fille !

— Moi, les loups ne me font pas plus peur que les chiens, lance Robert. J'ai une idée. On a un inventaire de ces rencontres. Mon père a inscrit sur une carte tous les endroits où les gens prétendent avoir vu un loup. Alors, on se fait un itinéraire pour passer par plusieurs de ces endroits.

— Tu es fou ! C'est trop dangereux.

— Moi, ça me va, dit Serge. Une prome-nade en forêt, c'est toujours intéressant.

— Ne comptez pas sur moi, lance Pierrette.

— Moi, j'y vais, déclare Bernard.

La plupart sont d'accord. Soit pour mon-trer qu'il n'y a pas de loups, soit pour affi-cher leur courage. Quelle serait la meilleure journée ? La majorité choisit le samedi, car la météo prévoit un dimanche pluvieux.

— Samedi, je travaille, dit Serge. Si on mettait ça à la semaine suivante ?

Ça ne convient pas aux autres. Ce sera un long week-end et ils ont déjà fait des plans. Va donc pour samedi, avec ceux qui peuvent venir.

Serge aurait bien voulu se décommander, mais on compte sur lui et il a besoin d'argent de poche. André Saunier, le père de Linda, l'a engagé pour l'aider à ouvrir un chemin dans la propriété de Boris. La municipalité a approuvé le plan de localisation et ils ont indiqué le tracé avec des rubans rouges accrochés aux troncs. Le chemin aura cinq mètres de large, depuis la route d'accès jusqu'au lac. Quand ils arrivent, Boris a abattu une quinzaine d'arbres. Il est venu avec sa fille Jade.

— Salut, André ! J'ai commencé. Toi, on se connaît, dit-il à Serge. Oui, tu ramassais des fraises, l'autre jour. Maintenant, ce sera un peu plus lourd.

André jette un coup d'œil sur les arbres. Il aurait préféré s'en occuper lui-même. Boris semble robuste, mais il a soixante ans et il ne s'est jamais servi d'une tronçonneuse. C'est cependant chez lui, c'est lui qui paie, il faut s'en accommoder.

— Ces arbres ont l'air de savoir que je n'y connais pas grand-chose, commente Boris. Alors, ils tombent du mauvais côté ou restent accrochés aux branches de l'arbre voisin. Et ma scie étouffe trop souvent. Ça ne fait rien, je m'amuse bien.

Il affiche le regard enjoué d'un enfant qui a trouvé un nouveau jeu. Serge est surpris. D'après Daniel, Boris est plus souvent bourru, malcommode, pas facile d'accès.

— C'est du beau travail, dit André. Serge, tu vas couper les branches. Ensuite, tu me fais des billots de huit pieds de long. Moi, je m'occupe des souches.

— Et moi ? demande Boris avec une moue gentiment ironique.

— Toi, tu es le patron, tu fais ce que veux.

— Et moi ? dit Jade, amusée.

— Toi, tu embellis le paysage. Et tu peux toujours donner un coup de main.

André connaît bien Jade, qui est la grande amie de sa fille Linda. Il recule le bulldozer et commence à s'attaquer aux souches. Il tient à faire du bon travail et les arrache méticuleusement, les repoussant, les écrasant. Les racines ne sont généralement pas profondes dans ce sol rocailleux, s'étalant plutôt dans la mince couche de terre qui couvre le granit. De temps en temps, il coupe à la tronçonneuse les racines les plus récalcitrantes.

Pour Jade, c'est un monde nouveau. Elle a toujours vécu à Gatineau et n'a pas l'habitude de la forêt. Quand elle vient à Masham, c'est surtout pour se rendre avec Linda au chalet de Berthe. Elle a plaisir à voir son père, fringant et enthousiaste, se lancer avec entrain dans cette aventure qu'est l'aménagement de sa propriété.

Serge travaille consciencieusement. Elle décide que c'est là qu'elle serait le plus utile, retirant les branches à mesure qu'il les coupe. Quand on regarde un arbre, on ne s'en rend pas compte. Quand il faut enlever les branches, on s'aperçoit qu'il y en a des dizaines et des centaines.

— Tu es chanceux d'avoir vu la louve. Linda m'a raconté. La nuit, au clair de lune… Elle est vraiment belle ?

— Splendide. J'y pense souvent. C'est sans doute une chienne, mais d'une race que je ne connais pas. Ou un mélange assez rare. Grise, argentée… Je l'appelle Reflet de lune. Mon grand-père l'a trouvée moins belle !

— Je sais. Heureusement, Linda dit qu'il s'en tire très bien.

— Il a perdu beaucoup de sang. Ça lui prendra du temps à se rétablir.

Il a déjà une dizaine de troncs à débiter. Ce n'est pas toujours facile quand ils sont à terre. S'il ne fait pas attention, la scie peut rester coincée. Ne voulant pas le déranger à ce moment, Jade se tourne vers Boris, qui examine attentivement un grand peuplier.

— Celui-là, j'ai l'impression qu'il tombera de ce côté.

Serge, qui l'a entendu, lève la tête. Un coup d'œil sur la répartition des branches, qui détermineront la direction de la chute, lui suffit.

— Non, dit-il. Il y a moins de branches de ce côté, mais ces deux-là sont plus grosses et plus lourdes. Si vous l'entaillez ici, la scie se bloquera.

— Bon. Je fais confiance aux spécialistes.

Il suit les indications du garçon. L'arbre finit par s'abattre dans la direction prévue par Serge.

— Tu as l'œil !

Ils arrêtent à midi pour dévorer les sandwichs que Jade a apportés.

— Les jeunes doivent avoir commencé leur promenade, dit André. J'espère qu'ils ne feront pas de mauvaise rencontre.

— Tout au plus, ils verront un ours.

Il faut expliquer à Jade et à Boris que Linda, Geneviève, Daniel et quelques camarades ont décidé de faire une randonnée en forêt pour montrer qu'il n'y a pas de loups dans la région.

— J'ai pourtant vu une bête, l'autre matin, dit Boris. Peut-être un chien, un renard, un coyote aventureux. Même un castor. Pourquoi pas un loup ?

— Gris ? demande Serge.

— À cette distance, c'était juste une silhouette.

— Ici, remarque Serge, ce n'est pas loin de chez Bobby. Là où je suis allé avec grand-père. Le même territoire.

— Est-ce que ça peut être dangereux ? demande Jade.

— Non. Les ours, les loups, sont portés à déguerpir quand ils voient des gens.

— C'est juste, déclare André. C'est pourquoi la chasse, c'est une affaire de patience. Les bêtes ne viennent pas à nous. Il faut aller les chercher.

— Et là, rappelle Boris, Octave a eu une mauvaise expérience.

— En effet. Mais je ne me fais pas de souci pour Linda et les autres. Heureusement, nous avons des forêts où on peut circuler en paix. Ce n'est pas comme en Afrique !

Bernard et Robert marchent en avant, le pas décidé, des conquérants, bientôt des héros. Renée essaie de suivre leur rythme, sans toujours y parvenir. Pourquoi sont-ils si pressés ? Geneviève, Daniel et Linda avancent tranquillement, regardant à droite et à gauche. Linda a apporté un appareil photo.

— Un peu d'énergie ! lance Robert. On n'a pas toute la journée !

— Au contraire, on a toute la journée, riposte Linda.

— J'ai *Murder She Wrote* à quatre heures.

C'est une de ses émissions de télévision favorites.

— Quand on chasse, on ne fait pas de bruit, dit Daniel. On veut surprendre le loup. S'il nous entend, ils se cachera, nous ne le verrons jamais.

— Il a raison, dit Bernard. Et puis, nous devons vraiment faire comme les chasseurs. Se diviser les tâches. Daniel et Linda, vous surveillez à gauche. Robert et Renée, vous surveillez à droite. Robert, Geneviève et moi, nous regardons tout droit. Au moindre signe, chacun prévient les autres. Et on avance en silence.

L'an dernier, se rappelle Linda, Bernard n'avait rien d'intéressant. Un garçon frondeur, menteur, tricheur et souvent lâche. En un an, il a pris de l'assurance. Là, il vient d'avoir des réactions de chef. Robert, par contre, se montrait toujours entreprenant. À la longue, on voit qu'il abandonne vite dès que ça devient difficile. C'est étonnant comme les gens changent. Pour le meilleur et pour le pire.

Ils ont choisi un circuit de huit kilomètres, qu'ils pensent couvrir en deux ou trois heures. Autour de Masham, ce n'est pas la forêt sauvage. De nombreux sentiers la traversent, joignant les différents îlots d'habitation. Daniel les connaît tous, et c'est lui qui a tracé l'itinéraire.

— Dommage que Serge n'ait pas pu venir, dit-il. Il connaît les bois mieux que tout le monde. Une sorte d'instinct.

— Chut ! murmure Bernard. En silence.

— Oh ! n'exagérons pas, proteste Renée. D'abord, on fait déjà du bruit en marchant. Les loups doivent avoir l'oreille aussi fine que les chiens. Ensuite, nous avons tous une odeur. Si c'est dans la direction du vent, les bêtes nous sentent.

— Crie à tue-tête, si ça te chante ! riposte Bernard, frustré.

Robert voit là une bonne occasion de se porter à la défense de Renée, dont il veut se gagner la sympathie :

— Renée a raison, affirme-t-il. Tous ceux qui ont rencontré la louve rentraient chez eux ou se rendaient chez le dépanneur. Ils agissaient normalement.

— C'est un bon point, note Daniel. Ce doit être une bête curieuse. Si on veut la voir, il faut attirer son attention.

— Tant mieux si on la rencontre, ajoute Linda. Tant mieux si on réussit à la prendre en photo. Cependant, ce qu'on veut, c'est montrer qu'on peut se promener librement dans la forêt.

— Et qu'une louve ne nous fait pas peur, complète Robert.

N'empêche, le moindre bruit les fait sursauter. Ils ont tous vu des films de loups-garous, la bête aux babines sanglantes, la morsure qui contamine la victime et en fait un autre monstre. Ils marchent depuis une heure, certains avec appréhension, d'autres, quelque peu exaspérés. À mesure que le temps passe, Geneviève oublie ses camarades et les raisons de leur promenade. Elle se laisse imprégner par la forêt, promenant son regard sur les troncs blancs des bouleaux, les branches vert tendre d'un mélèze, des fleurs sauvages dont elle ignore le nom. Une sensation de bien-être l'envahit. Se mettre au diapason de cette vie qu'elle sent autour d'elle. Essayer de capter des odeurs. Chercher les traces du passage d'une bête.

La seule chose qui manque à son bonheur, songe-t-elle, c'est la compagnie de
Serge. À l'école, c'est surtout lui qu'elle voit.
Ils ont commencé à se rencontrer plus souvent, chez elle ou chez lui, sous prétexte de
préparer leurs devoirs.

— Plus j'y pense, plus je crois que c'est
un chien, déclare Linda.

— Probablement, dit Daniel. Les loups
se tiendraient en groupe. Une meute.

— Par contre, un chien devenu sauvage,
c'est plus dangereux qu'un loup.

— Moi, je me sens déjà fatiguée, se plaint
Renée. Et j'ai soif ! On n'a rien apporté à
boire.

— Il y a un ruisseau pas loin, dit Daniel.
Suivez-moi.

Ils quittent le sentier et se dirigent à travers les arbres. Geneviève se sent de plus
en plus émue. Quand on cesse de suivre un
chemin, on plonge mieux dans la nature.
Ils atteignent bientôt le ruisseau, creusé
dans le terrain rocailleux.

— Je crois qu'il se rend au lac Turcot,
raconte Daniel. Au printemps, il est plein
jusqu'au bord.

Ils descendent prudemment, évitant de
glisser sur les roches. Arrivée en bas la première, Geneviève, creusant les mains, boit
trois bonnes rasades d'eau fraîche.

— Délicieuse ! Bien mieux qu'un Pepsi !

— J'aurais quand même préféré une bière, lance Robert.

— Heureusement qu'on a nos paumes, note Linda. Je me demande comment font les chiens pour boire juste avec leur langue.

— Il s'agit d'essayer, dit Geneviève.

Sous le regard amusé de ses compagnons, elle se met à quatre pattes et commence à boire.

— Tu triches, dit Daniel. Tu avales l'eau.

— C'est vrai, mais je n'ai pas la langue aussi longue que celle d'un chien.

— Chut ! murmure Bernard.

Robert indique une direction. Cinquante mètres plus loin, tapi sur un rocher, un animal les observe. Un chien ou un loup. Tous s'immobilisent, le cœur battant.

— Il n'a pas l'air d'avoir peur de nous, dit Renée à voix basse.

La bête se tient aux aguets, les oreilles dressées. Ils l'ont sans doute dérangée quand elle buvait, elle aussi.

— C'est moi qui ai peur, ajoute Renée d'un filet de voix.

— On dirait un berger allemand, murmure Linda.

Geneviève a l'impression que la bête la regarde. Elle, spécialement elle. Peut-être que les autres pensent la même chose.

Ce n'est pas Reflet de lune. Linda a raison, elle ressemble à un berger allemand.
Un grand chien, costaud, imposant, la fourrure rousse et noire, presque rouge autour
de la gorge. Un éclat de soleil, se dit Geneviève, le pendant de la lune. À cette distance, il est impossible de distinguer les
détails, mais elle est persuadée que c'est un
mâle, à cause de sa carrure.

— Essayons d'approcher, murmure
Robert.

Robert, Bernard et Renée avancent lentement, pas à pas, s'arrêtant souvent. La
bête les surveille, attentive, sans faire mine
de s'enfuir.

Geneviève se redresse, prête à les suivre. Daniel l'arrête.

— Laisse-lui le temps de s'habituer à
nous. Si on y va tous ensemble, il déguer-
pira.

— Si c'est un chien, raisonne Linda, il
est habitué aux gens. Si c'est un loup, il n'a
jamais eu de mauvaise expérience avec les
humains.

— C'est vrai, il nous regarde comme s'il
nous étudiait. Il se demande quel genre
de bêtes nous sommes.

Ils parlent à voix basse. Pascale tremble
déjà. Robert n'en mène pas large et doit
faire un effort pour retrouver son courage.

Geneviève admire l'animal, debout, attentif. Surprendre une bête dans son habitat, c'est un des grands spectacles de la forêt. Rarement elle a éprouvé une émotion aussi vive.

Linda se rappelle qu'elle voulait prendre des photos. Un expert pourra alors l'examiner et décider s'il s'agit d'un chien ou d'un loup. Elle lève l'appareil, le plaçant en position de zoom. Là, les trois jeunes qui avancent lentement vers la bête la cachent à sa vue. Ils sont à dix pas de l'animal, qui les regarde sans bouger. Linda décide de se rendre quelques pas sur sa gauche afin d'avoir un meilleur coup d'œil.

Tranquillement, s'étant sans doute donné le mot, Robert, Renée et Bernard se penchent, prennent des cailloux et les lancent brusquement sur la bête.

— Vous êtes fous ! crie Geneviève.

— Ne faites pas ça ! lance Daniel.

Au bord du ruisseau, les galets ne manquent pas.

— Vise la tête ! dit Bernard.

— C'est ce que je fais, répond Pierre. On va l'assommer !

La bête saute de gauche à droite pour éviter les pierres. Pourquoi ne s'enfuit-elle pas ? Croit-elle que c'est un jeu ? Un chien habitué à ce qu'on lui lance la balle ?

— Arrêtez ! lance Linda. Ne le chassez pas !

Soudain, la bête pousse un hurlement. Elle a reçu un projectile sur le flanc.

Elle bondit alors sur ses adversaires, qui ne s'attendaient pas à cette réaction. La bête saute sur Bernard, les crocs à l'air, et l'attrape au poignet, qu'elle secoue violemment. Il pousse un grand cri, essayant de se dégager, lui donnant des coups de genoux. Robert lui tourne le dos et part à toute vitesse.

— Fuyons ! crie-t-il. Il est dangereux.

— Je n'ai pas pris ma photo !

— Notre peau d'abord. Vite !

Daniel saisit Linda par la main et l'entraîne vers le sentier, espérant que la bête ne les suivra pas. Ils songent tous à Octave : la louve lui a presque tranché la gorge. Robert aperçoit un grand pin, évalue rapidement ses chances, et parvient à se hisser de deux mètres à travers les branches. Geneviève reste immobile, sidérée. Elle pense à Serge. Reflet de lune a attaqué Octave, qui lui tirait dessus. Pas Serge, qui ne la menaçait pas.

La bête a rejoint Renée qui s'enfuyait. Elle saute sur elle de tout son poids, la renverse, lui enfonce les dents dans la taille.

— Aidez-moi ! Aidez-moi ! hurle-t-elle en pleurant.

Geneviève hésite. L'aider ? Comment ? Et puis, Renée a couru après. La bête ne leur voulait aucun mal.

Maintenant, l'animal n'a sans doute qu'une idée en tête : chasser les envahisseurs, se débarrasser de ses ennemis. Le plus prudent, c'est de rejoindre Daniel et Linda. Geneviève a fait à peine quelques pas qu'elle se sent projetée sur le sol. La bête a sauté sur son dos et l'a renversée. Si elle faisait la morte, comme dans la fable de La Fontaine ? Ça marche peut-être avec les ours, mais pas avec les loups.

Geneviève sent sur elle le museau de la bête. L'animal renifle son gibier, l'explore des pieds à la tête, rapidement, par coups brefs.

Il ne la mord pas.

Elle se retourne. Très lentement. Son regard croise les yeux de la bête.

— Tu es beau, murmure-t-elle.

Pour toute réponse, l'animal plonge encore son museau dans son ventre, sous ses aisselles. Comme les chiens, il découvre le monde avec sa truffe. Il renifle. Ses naseaux frémissent. Il a trouvé une odeur qui lui plaît. Une odeur différente.

— Nous sommes amis, Éclat de soleil.

Brusquement, la bête fonce sur son visage et lui lèche la joue. À trois reprises.

Puis elle se tourne, franchit le ruisseau d'un seul bond et disparaît dans la forêt.

12

BON ANNIVERSAIRE !

SERGE AIME SE COUCHER TÔT ET SE LEVER À L'AUBE. MÊME QUAND IL A DU MAL À FERMER L'ŒIL ET SORT LA NUIT, JUSTE POUR regarder la forêt pendant une heure. Il ne voit alors pas grand-chose, mais il la sent, il s'en pénètre, et c'est toujours rassérénant. Comme il aimerait retrouver Reflet de lune ! Et voir Éclat de soleil. Il se sent entièrement du côté de ces bêtes qui inquiètent tout le monde au village.

Claude est déjà debout. Serge aurait préféré ne pas le voir. Pas ce matin. Pas quand il doit faire semblant qu'il s'agit d'une journée ordinaire.

— Bien dormi, Serge ?

— Oui.

Il prépare son petit déjeuner. Claude n'est pas étonné, ce n'est pas un garçon loquace. Le matin, il faut lui arracher les mots avec des pincettes.

Lucien, le frère de Serge, déteste se lever tôt. Il s'est débarbouillé en vitesse. Il a juste le temps d'avaler un jus d'orange et un bol de céréales.

— Quel jour on est ? demande Claude, avec l'air d'attacher une grande importance à la réponse.

— Jeudi. Le calendrier est là.

Frustré, Claude commence à déjeuner. Le silence lui semble toujours lourd. Si les gens parlaient davantage, ils seraient moins moroses.

— J'ai parlé à Bobby, hier. Le loup rôde encore autour de chez lui. Heureusement, il l'attend, il est prêt. Son fusil est toujours chargé.

— Cette bête ne veut de mal à personne. Il ferait mieux de la laisser tranquille.

— Tu me fatigues à toujours la défendre ! C'est une bête féroce. Je l'ai vue de près, moi. J'ai dû me battre contre elle. Si je m'étais laissé faire, je ne serais plus là pour en parler. Octave y a goûté, lui. Et elle a salement mordu Bernard et Renée. Une chance qu'ils n'aient pas attrapé la rage !

— Ce n'était pas la même bête. Elle avait le poil rouge.

— Ça dépend peut-être de la lumière. Grise la nuit, rouge le jour.

Serge n'a pas envie de discuter.

— Bon, on y va, on ne doit pas rater l'autobus. Moi, je rentre plus tard. André m'a demandé de l'aider à couper des arbres. Je rentrerai pour souper.

— Au moins, tu penses à ton ventre.

L'autobus scolaire passe à sept heures trente et les adolescents courent bientôt vers la route. Claude s'en veut de commencer la journée de mauvaise humeur. Marie-Claire descend, l'air encore endormi, et remarque sa mine renfrognée.

— Ça ne va pas ?

— Ce n'est rien. Ils ne m'ont même pas souhaité bonne fête.

— C'est vrai, c'est ton anniversaire. On trouvera bien moyen de le célébrer. Moi, ce matin, je vais me faire coiffer. Il était temps, j'ai la tête comme du chiffon.

— On mange quand même ensemble ?

— Oui. Oh ! non, je ne peux pas. J'ai promis de luncher avec Josette.

Claude fait la moue. C'est vraiment manquer de gentillesse. Lui qui prend soin depuis trois jours de se montrer toujours agréable et chaleureux.

— Tu pourrais remettre ça à un autre jour.

— Je ne peux pas la rejoindre, elle allait en ville. Ensuite, je suis prise toute la journée.

Elle a trouvé un travail de caissière au IGA. Après deux mois de chômage, le soleil se remet à briller. Et l'argent commence à entrer.

— Tiens, j'ai une idée. Aujourd'hui, je finis à sept heures. Je mettrai un bon spaghetti à dégeler.

— C'est ça, grogne Claude. Un spaghetti avec des bougies, ça fera romantique.

L'école a toujours été pour Serge une corvée parmi d'autres, une de ces choses qu'on accepte parce qu'on n'a pas le choix. Depuis qu'il s'intéresse à Geneviève, c'est différent. Il aime ces heures passées près d'elle, même quand ils ne se parlent pas. Elle est là, c'est suffisant. Elle a toujours été meilleure élève que lui, ce qui lui donne une raison de redoubler d'efforts pour se hisser à son niveau.

Daniel le rejoint au moment du repas.

— Sais-tu où tu vas couper les arbres ?

— Non. André ne me l'a pas dit. Il vient me chercher et on y va.

— C'est chez monsieur Dalban. Ça te dérange, si je vous accompagne ?

— Non, bien sûr. Pourquoi veux-tu venir ?

— J'ai envie de voir la maison d'un écrivain. Mais j'ai dit à André que je veux apprendre à couper des arbres. Professionnellement. Il est d'accord.

À la sortie, à quinze heures, ils montent tous deux dans le camion d'André et prennent la route 366 en direction de Wakefield. À mi-chemin entre les deux villages, ils s'engagent dans un chemin de terre battue et s'arrêtent au bout, devant une maison assez neuve. Une grande chienne, un berger allemand, se met aussitôt à courir autour du véhicule.

— Elle s'appelle Tasha, dit André. N'ayez pas peur, elle est gentille comme tout. Ce n'est pas une louve !

En le voyant descendre, Tasha va aussitôt chercher un bout de bois et le dépose aux pieds d'André. Ce dernier le lance dans le chemin et elle le rapporte à Daniel, puis à Serge. Jacques, qui a entendu le camion, les regarde en souriant.

— C'est sa façon de socialiser, explique-t-il. Elle est sûre que vous êtes venus pour jouer avec elle. Que peut-il y avoir de plus important ? Bon, je vais vous montrer les arbres.

Tasha se tient près de Serge, lui reniflant les jambes.

— Elle ressemble à celle qui nous a atta-qués, dit Daniel. Il faut dire que Robert, Bernard et Renée l'avaient drôlement pro-voquée.

— Tu l'as vue, quand elle a léché Gene-viève ?

— De loin. C'était beau. Je m'attendais au pire. Pas à un geste d'affection. Au fond, c'est peut-être une bonne bête, comme cette chienne.

— Moi, j'en suis sûr. Ces animaux veu-lent qu'on leur fiche la paix, c'est tout.

— Il y a plus que ça, dit Daniel. Cette bête semblait chercher quelque chose. Sinon, elle se serait enfuie tout de suite.

Serge hoche la tête. D'après la descrip-tion de Geneviève, il y a au moins deux bêtes. Celle qu'il appelle Reflet de lune et celle qu'elle a baptisée Éclat de soleil. Et elles les ont choisis, eux et pas d'autres, avec cette sorte de baiser. Qu'ont-elles vu, qu'ont-elles senti en eux ?

C'est aussi troublant à cause de Lise, qui semble penser qu'il a pu y avoir des loups-garous parmi les Turcot et les Lemoyne. Serge ne peut pas y croire. Ce sont là des idées fantastiques, invraisemblables, juste bonnes à pimenter des contes et des légen-des. Et pourtant, le comportement des bêtes a l'air de révéler des affinités obscures.

D'autant plus surprenantes, et inquiétantes, que Geneviève et lui rêvent souvent de loups.

Manon, l'épouse de Jacques, vient leur montrer les trois bouleaux.

— Ils ont commencé à dépérir après la tempête de verglas, explique-t-elle. Jacques ne veut pas les couper lui-même parce qu'ils penchent vers la maison.

— Oui, il faudra utiliser des câbles. Ces deux-là non plus ne sont plus très forts, note André. Ils commencent à mourir au sommet.

— Ils ont encore des branches. Tant qu'ils sont vivants, on n'y touche pas.

— Et il faut les couper à dix pieds de haut, précise Jacques. Nous voulons garder les troncs. Comme ça, quand on les regarde de la maison, ça donne l'impression que les bouleaux sont toujours là.

— C'est bon. Vous pourrez installer des cabanes à oiseaux en haut. C'est bien gentil à vous de me confier ce travail. Mon métier, c'est plutôt de bâtir des maisons et de faire des terrassements. Vous n'avez pas appelé Ronnie ? C'est davantage son type de travail.

— Je sais, mais il est absent. Il suit des cours d'alpinisme. Je ne peux pas attendre, je veux couper ces arbres avant de planter

des fleurs. Comme je vous le disais au téléphone, Boris m'a donné votre nom. Il dit
que vous travaillez très bien.

— Je suis aussi bon bûcheron, vous verrez. Voulez-vous qu'on les débite ?

— Non, je le ferai moi-même. Laissez
les troncs où ils tombent.

Serge a souvent coupé des arbres. Daniel
est venu apprendre, et André lui explique
chacun de ses gestes.

— On commence par examiner l'arbre.
Celui-là aura tendance à tomber ici. Ce n'est
pas une bonne idée, il risque de toucher
la verrière. Le meilleur endroit, c'est là.
En évitant d'écraser les cèdres. Je mettrai
un câble là pour le retenir et un autre ici
pour que Serge puisse le diriger. Cette branche risque de s'accrocher à l'autre bouleau.
Je commencerai par la couper. Ensuite, j'irai
par sections, pour faire moins de dégâts.
Regarde-nous faire, et donne un coup de
main quand on te le dira.

Il enfile des bottes munies de crampons,
s'accroche un câble à la ceinture et commence à grimper. L'arbre a bien soixante
pieds de haut. Daniel ne s'attendait pas à
ce qu'André se montre aussi agile. Il comprend que Ronnie suive des cours d'alpinisme pour se perfectionner. Qu'il s'agisse
d'une falaise ou d'un arbre, la technique

d'escalade doit se ressembler.

— Faites attention aux branches ! crie André. Celle-ci est très grosse, j'y mettrai un câble pour amortir la chute.

Quand ils ont fini, deux heures plus tard, Manon les invite à prendre une bière ou des rafraîchissements sur le quai, au bord du lac.

— Je pensais à Claude, dit André à Serge, en riant sous cape. Je devais luncher avec lui et je me suis décommandé. Il a dû se faire un sandwich et le manger tout seul dans son coin. Il aura toute une surprise, ce soir !

— Moi, je n'aime pas ça. C'est son anniversaire et on fait semblant de l'ignorer.

— La surprise en sera plus grande.

— N'empêche, on lui fait passer une journée détestable.

Il n'a jamais éprouvé de sentiments très chaleureux pour Claude, mais il trouve ça moche. D'autant plus que, dix jours plus tôt, quand c'était l'anniversaire de Marie-Claire, Claude lui a fait la fête toute la journée. Plus il avance en âge, plus il découvre que, bien souvent, il désapprouve le comportement de son entourage.

Daniel prend son courage à deux mains et s'adresse à Jacques :

— J'ai lu votre roman qui se passe à Dakar. J'ai beaucoup aimé.

— Merci.

— J'essaie toujours de m'imaginer la vie de Boris en Afrique.

— Ah ! tu es ce Daniel. Il m'a parlé de toi. Il trouve que tu as de l'allure. Chez lui, c'est un grand compliment.

Cela encourage Daniel à poser sa question :

— Ce que j'aimerais, c'est voir l'endroit où vous travaillez. Si ça ne vous dérange pas.

— Un écrivain fait d'abord son travail dans sa tête, comme tout le monde. Mais viens, je te montrerai.

— Je peux y aller aussi ? demande Serge.

Jacques les conduit dans la maison. Son bureau se trouve dans la partie du bas. Ils traversent le cinéma maison, contournent une grande table de billard, suivent un couloir entre des murs couverts de tableaux et de tapisseries. Daniel se sent ému en mettant le pied dans le bureau. Ce qui le frappe d'abord, ce sont les bibliothèques. Jamais il n'a vu autant de livres chez quelqu'un. La fenêtre donne sur le lac, un décor magnifique. Au centre de la grande pièce, sur un îlot, l'ordinateur, l'imprimante, le scanneur, le télécopieur, des dictionnaires, des tas de papiers plus ou moins rangés. Ici et là, des statuettes et des poteries.

— C'est ce qui arrive quand on a vécu un peu partout dans le monde, dit Jacques. Un masque nô, un iguane empaillé que j'ai acheté au Mexique, un fétiche africain, un batik indonésien, une sculpture inuite, une cloche népalaise…

— Tiens ! s'exclame Serge. Boris en a trouvé une pareille.

Il montre la vieille planche couverte d'entailles : XXVXIVIOIVILII.

— C'est la sienne. Il l'a laissée ici en attendant. As-tu idée de ce que ça peut être ?

— Non. Boris pense que ce sont des joueurs qui comptaient leurs points.

Daniel jette un coup d'œil sur les titres des livres. Il remarque alors ceux de Dalban.

— Vous avez écrit tout ça ?

— Un roman ou deux par année, ça finit par faire beaucoup.

— Je crois que j'aimerais ça, moi aussi, être écrivain. C'est une très belle maison, ici. Vous vivez de votre plume ?

Jacques éclate de rire.

— Non. Si tu veux être écrivain au Québec, et en français, tu fais mieux de choisir aussi un autre métier. Qui rapporte.

— On m'a dit qu'il y avait des bourses pour jeunes auteurs.

— De temps en temps. Ça ne dépasse pas le niveau du bien-être social. Et c'est déprimant de vivre aux crochets des autres. Pense plutôt à ta vie. Quel genre de vie tu veux mener. Exercer une profession qui te plaît ne t'empêchera pas d'écrire, si tu as ça dans le sang. Moi, j'ai été diplomate. J'avais envie de voir le monde.

Ce n'est pas la première fois que Daniel entend ce genre de propos. Venant de la bouche d'un auteur qui a beaucoup publié, il le reçoit comme un bain de réalisme, une mise en garde utile.

— Je… Comment on devient écrivain ?

— En écrivant. Beaucoup. En lisant beaucoup. De tout. Et en ayant quelque chose à dire. Pas de grands messages ronflants. Pas les choses qui te tourmentent. L'essentiel, ce sont de bonnes histoires. Le style, c'est ta personnalité, ça vient tout seul. Bien sûr, il faut maîtriser sa langue. C'est l'outil. Mais les gens te liront seulement si tu racontes des choses intéressantes.

Daniel aimerait poser bien des questions, mais Serge doit rentrer et André risque de s'impatienter. Il a vu ce qu'il voulait voir, il a entendu de quoi nourrir quelques réflexions : c'était une journée fructueuse.

Claude se dirige vers le camion. Enfin, de la visite, quelqu'un à qui parler !

— Salut, André ! Bonne journée ?

— Un travail facile. Je l'ai surtout fait pour rendre service.

— Descends donc prendre une bière, on va causer un peu.

— Vraiment, je ne peux pas. Josette m'attend. Je ne fais que déposer Serge. Alors, à un de ces jours.

— C'est ça, à un de ces jours.

Serge entre dans la maison. Comme d'habitude, il ouvre à peine la bouche. Claude ne sait jamais comment établir le moindre dialogue avec lui.

— J'avais pris congé. Je pensais passer la journée avec ta mère.

— Elle vient de commencer à travailler. Elle ne pouvait pas s'absenter.

— Je croyais que des amis viendraient me dire bonjour. Rien. Pas même un coup de téléphone. Je ne compte pour personne, voilà la vérité. Je n'ai même pas ouvert une bouteille. Boire tout seul, c'est triste. La journée était assez lugubre comme ça. Tu le savais, que c'est mon anniversaire ?

— Maman m'a dit, oui. Là, je dois prendre une douche, je sens la sueur.

Serge trouve trop pénible de jouer cette comédie. Au moins, il pourra rester dans la salle de bains jusqu'au retour de sa mère pour ne pas voir le visage patibulaire de Claude. Ce dernier le regarde monter, frustré. C'est moche, moche ! La meilleure chose, ce serait de s'en aller en forêt, rencontrer cette bête maudite et se laisser égorger. Là, on pensera peut-être à lui.

Marie-Claire arrive enfin, souriante. Claude lui en veut d'afficher tant de bonne humeur et n'a même pas envie de se laisser embrasser. Il se sent abandonné de tous.

— J'ai oublié de faire dégeler le spaghetti, dit-elle. C'est quand même ton anniversaire. Je t'emmène au restaurant !

— Je n'ai vraiment pas envie de sortir.

— Je t'assure, ça te changera les idées. Et puis, j'ai très faim.

— On se fera livrer une pizza.

— Pas question. J'ai réservé une table au *Alpengruss*. À mon anniversaire, tu m'as invitée au restaurant. C'est kif-kif. Je me change en vitesse. Et tu pourrais mettre un complet.

Claude se sent trop déprimé pour discuter. Et puis, Marie-Claire a raison. Ils ne sortent pas souvent. Un bon repas lui fera oublier un peu cette journée ratée. Et il aime beaucoup l'*Alpengruss*, qui offre des plats aussi copieux que savoureux.

Vingt minutes plus tard, ils arrivent au restaurant. Claude se sent tout à coup mal. Il rêve, ou quoi ?

Marie-Claire, en riant, le conduit à la grande table. Il y a bien là deux douzaines de personnes, ses meilleurs amis, même André et Josette.

— *Joyeux anniversaire! Joyeux anniversaire!*

Il doit s'appuyer sur une chaise pour reprendre contenance. Surtout, ne pas paraître rabat-joie.

Et là, tous se mettent à chanter à l'unisson :

— *Mon très cher Claude,*
c'est à ton tour
de te laisser parler d'amour…

13

UNE FILLE DANS LA FORÊT

GENEVIÈVE A PASSÉ LA MATINÉE À TRAVAILLER EN PRÉVISION D'UN EXAMEN DE MATHÉMATIQUES. ELLE VEUT SURTOUT se changer les idées après une nuit ponctuée d'images haletantes. Pourquoi y a-t-il si souvent des loups dans ses rêves ? Les chiffres et les formules ont un effet calmant.

Elle avait songé à faire une promenade dans les bois avec Serge, mais il avait déjà accepté de s'occuper de son grand-père, enfin sorti de l'hôpital. Octave prenait des médicaments pour ses problèmes cardiaques et connaissait des hauts et des bas pendant qu'on essayait de déterminer les doses qui lui convenaient. Il avait voulu se rendre à sa cabane et Serge avait offert de lui tenir compagnie.

— Je te trouve un peu mélancolique ce matin, dit Lise, pendant qu'elles préparent ensemble le repas du midi. C'est vrai qu'il fait un peu lourd. On annonce un orage pour demain.

— Tant mieux. J'aime bien quand il y a des éclairs.

Elle aurait souhaité que Serge l'invite à se rendre à la cabane d'Octave. Peut-être voulait-il rester seul avec lui. Elle s'en veut de se sentir comme ça. Serait-elle vraiment amoureuse ? Faut-il dépendre d'un garçon juste parce qu'il nous plaît ?

— J'ai encore pensé à ta rencontre avec ce loup.

— C'était plutôt un chien.

Elle ne le pense pas, mais elle veut détourner l'attention des autres et éviter de susciter de l'animosité envers les loups.

— Tu m'as toujours dit que tu rêvais de loups, pas de chiens. D'après les traditions hindoues, des humains peuvent se réincarner en animaux. Et des animaux peuvent devenir humains. Tu as pu être une louve dans une autre vie.

— Vraiment, Lise ! La réincarnation, ça n'existe pas.

— Des centaines de millions de gens pensent le contraire.

— Des centaines de millions de gens croient en n'importe quoi.

Elles ont déjà eu ce type de conversation. Lise est très portée sur le spiritualisme, les religions, les interprétations fantastiques de l'existence. Geneviève a une tournure d'esprit plus terre à terre et s'en tient aux connaissances scientifiques, tout en évitant de trop taquiner Lise sur sa crédulité.

— Je vais aller me promener en forêt, décide-t-elle. Je rentrerai pour souper.

— Je parie qu'elle va retrouver son amoureux, glisse sa sœur Solange.

— Et si c'est le cas, ça ne te regarde pas. D'ailleurs, j'irai toute seule.

Marcel et Lise échangent un sourire. Il a souvent rencontré Serge et le garçon lui inspire confiance.

— Ces temps-ci, se promener seule, c'est imprudent, dit son père. La municipalité commence à s'en occuper, mais la forêt est encore dangereuse. Tant qu'on ne se débarrassera pas de ces bêtes… Si je t'accompagnais ? Je pense commencer le barbecue à cinq heures, on a le temps.

— Non, merci. C'est très gentil. Tu n'as pas à t'inquiéter. Ce n'est pas la première fois que je fais un tour dans les bois. Et puis, je prendrai mon cellulaire.

Marcel n'insiste pas. Quand Geneviève a pris une décision, il est impossible de lui faire changer d'idée.

— J'irai juste à côté, dans le parc de la Gatineau. Tout le monde sait qu'il n'y a pas de loups dans le parc. Je suivrai la rivière La Pêche et je prendrai un des sentiers qui donnent sur la 366. Une petite promenade de deux heures.

Geneviève a marché jusqu'au terrain de stationnement où se trouve une des entrées du parc. Il n'y a que trois voitures, elle ne risque pas de rencontrer grand monde. Elle quitte bientôt le chemin principal, celui qu'empruntent les visiteurs, pour s'engager dans un sentier. C'est un circuit familier que Lise lui a fait connaître.

À mesure qu'elle avance, elle se laisse envahir par une sorte de douceur qui émane de la forêt. Les bouleaux, les épinettes, les peupliers, les cenelliers, sont les notes de musique d'une partition qui lui va droit au cœur. Une souche couverte de mousse, une roche au pied d'une pente, un tapis de fleurs jaunes et bleues, apportent des harmonisations. Elle pénètre dans un monde qui lui convient, dans lequel elle se sent bien.

Elle pense à Serge. Pourquoi a-t-il soudain pris tant de place ? Jamais ils ne se sont embrassés, jamais ils ne se sont dit de mots doux. Ils éprouvent surtout le besoin de se rencontrer et du plaisir à être ensemble.

À l'école, plusieurs de ses copines tombent régulièrement amoureuses. Elles y voient parfois un jeu, parfois un béguin agréable, parfois une grande passion. Des gens se rapprochent, et ça dure ou ça ne dure pas. Geneviève ne se sent pas comme elles. Elle ne se reconnaît pas dans ce qu'elles racontent.

Ce qu'elle ressent la prend au dépourvu. Elle a toujours aimé sa nature un peu sauvage, indépendante, son souci d'autonomie. Les avances la rendent rétive. Des garçons l'invitent à une soirée, à voir un film, à un pique-nique. Ce sont de bonnes journées, de bonnes soirées. Quand ils insistent, quand ils manifestent l'intention de la fréquenter de plus près, elle se rebiffe.

Serge ne parle pas comme eux. Ça le rend à la fois énigmatique et rassurant. Elle trouve chez lui le même attachement à sa solitude et le même besoin de compagnie. S'il était amoureux d'elle, il le lui aurait dit, il en aurait au moins donné des signes. Cependant, elle ne l'a pas fait elle-même. Leurs rencontres ont toujours un but précis. Aimerais-tu qu'on fasse ce devoir ensemble ? Ça te plairait, un tour en bicyclette ? J'ai loué un bon film, voudrais-tu le voir avec moi ? Je vais me baigner, ça te tente ? Les sentiments restent à l'arrière-plan, c'est une musique de fond. Quand ils s'engagent dans des conversations person-nelles, c'est à propos de leurs projets d'ave-nir, des commentaires sur un incident quelconque, des réactions devant le com-portement de quelqu'un.

Si c'est de l'amour, il se cache bien. Et puis, a-t-elle vraiment envie d'être amou-reuse ? Elle s'est toujours dit que ça finirait par lui arriver, sans y songer dans l'im-médiat. Comment fait-on pour reconnaître quelque chose qu'on ne connaît pas ?

La plus grande émotion qu'elle a jamais éprouvée ne venait pas de Serge. Elle lui a été donnée par Éclat de soleil. Quand elle a vu l'animal dans la crique, sur son rocher, elle a ressenti une vive impression de dou-ceur. Plus que de la douceur : une sensa-tion fulgurante de beauté. Quand la bête lui a léché la joue, elle a eu la réaction d'une personne plongée dans un monde étranger qui soudain rencontre un congénère.

Geneviève descend la pente pour lon-ger la rivière La Pêche qui, à cet endroit, a peut-être vingt mètres de large et zigzague dans le lit qu'elle s'est creusé entre les col-lines. Pourquoi rêve-t-elle si souvent de loups ? Les rêves peuvent-ils devenir réalité ? Par exemple, au prochain tournant elle pourrait rencontrer Serge. C'est impossible, il se trouve à quelques kilomètres, de l'autre côté de la route 105, en compagnie d'Octave. Quand on veut rêver, ce n'est pas une difficulté insurmontable. Il suffit de l'imaginer de toutes ses forces.

Normalement, la seule pensée de matérialiser un rêve la ferait sourire. En ce moment, elle joue le jeu. Qui n'est pas un jeu. Son cœur bat fort et il bat bien, elle se sent toute-puissante. Que Serge apparaisse, là ! L'idée l'excite. Des valves s'ouvrent, des fleuves d'adrénaline l'inondent brutalement.

Non, pas Serge : Éclat de soleil. C'est lui qu'elle veut voir. Elle a des choses à lui dire : « Moi, je suis ton amie. Je ne fais pas partie de ceux qui te lancent des pierres. Je veux te protéger. Toi et moi, nous sommes pareils. »

Elle pourrait faire mieux. Tout est possible quand on rêve. Alors, que Serge et Éclat de soleil soient une même chose. Qu'ils se fondent l'un dans l'autre et mélangent leurs natures. Qu'elle vive avec ce nouvel être dans un autre monde, avec d'autres règles. Non, pas de règles, rien que la liberté. La liberté !

Trépidante, Geneviève gravit la pente abrupte, s'accrochant parfois à des troncs.

Là, c'est une grande clairière, qui a pu être une ferme cinquante ans plus tôt. L'herbe lui arrive aux cuisses, pas assez pour la retenir. Elle se met à courir, à courir… Atteindre la forêt. Courir sans s'arrêter, courir en se faufilant entre les épinettes, les buissons, les rochers. Enjamber ce ruisseau, ces troncs abattus par une tempête. Bondir à la poursuite du vent. Se débarrasser de toutes les entraves et devenir le vent, le chant du vent, un frisson de la terre.

Une louve. Elle est une louve. Elle est LA LOUVE. Elle court, portée par son rêve, poussée par un trop-plein de vie. Que le monde disparaisse, avec ses lourdeurs et ses complications. Courir en direction d'Éclat de soleil. Courir jusqu'à la fin des temps. Courir en avalant tout le bonheur du monde.

Boris et Jacques ont décidé de faire une marche en forêt. Manon, Dewi et Jade ont préféré rester au bord du lac. L'eau est encore trop froide pour se baigner, mais un tour de canot ou de pédalo serait bien agréable.

— Elle ne se fatigue jamais, ta chienne.

Tasha ne se contente pas de les accompagner. Elle tient à les devancer, s'engageant dans de longs détours à droite et à gauche, explorant le territoire.

— J'ai déjà eu un chat qui nous suivait quand on se promenait dans les bois. Au bout d'une heure, il était tellement épuisé que je devais le prendre dans mes bras pour le ramener à la maison.

Jacques a une pensée affectueuse pour tous les chats de sa vie, chacun avec son caractère, son tempérament, sa kyrielle de souvenirs.

— Tasha est toujours vive, mais elle a moins d'énergie qu'à trois ou quatre ans.

— Nous aussi, n'est-ce pas ? dit Boris. Ce qui m'étonne, c'est que des choses nouvelles continuent à m'arriver. Une femme dans ma vie, c'est nouveau. Récolter une fille, à mon âge, c'est surprenant. Et ça entraîne bien des choses inattendues.

Une longue amitié unit Boris et Jacques. Ils se sont connus dans leur jeunesse, puis Boris a passé toute sa vie en Afrique. L'été précédent, il a voulu revoir le Canada après quarante ans d'absence. Il s'attendait à y passer quelques semaines, le temps de reprendre contact avec Jacques, Dewi et d'autres gens qu'il aimait. Jade, la fille de Dewi, venait de disparaître, enlevée par un sadique. Grâce à Daniel, rencontré par hasard, Boris avait retrouvé sa trace et l'avait arrachée à son ravisseur au moment où il allait la tuer. Il avait alors appris que Jade était sa fille. C'est surtout pour elle et pour Dewi qu'il a acheté la propriété de Berthe et qu'il envisage de s'installer dans la région.

— Maintenant, poursuit Boris, je trouve toujours des adolescents sur mon chemin. Un autre monde ! Nous, quand nous entendons le nom de Céline, nous pensons à l'auteur du *Voyage au bout de la nuit*. Eux, ils pensent à la chanteuse. Nous n'avons pas les mêmes points de repère. Nous vivons côte à côte dans des univers différents.

— J'ai vu ton ami Daniel. Merci de m'avoir recommandé André, il a fait du bon travail. Savais-tu que Daniel songe à devenir écrivain ?

— Ça ne m'étonne pas. Quand je l'ai connu, il m'a paru plutôt illettré. Plein de bonnes qualités toutefois. Depuis, il a une sorte de boulimie de lecture.

— Les vocations naissent souvent par génération spontanée. Toi, te voilà propriétaire foncier. C'est drôle, quand on pense à ce que nous étions à vingt ans.

— Tu peux parler, l'anarchiste devenu diplomate !

Ils rient de bon cœur. Ils sont arrivés au terme de leur promenade. À cet endroit, la rivière La Pêche connaît une dénivellation importante et une suite de cascades se succèdent sur deux cents mètres. Jacques a apporté des cigares et ils s'installent sur les rochers pour fumer.

— Vraiment, j'aime la vie ! s'exclame Jacques. C'est riche, c'est beau.

Incapable de rester longtemps tranquille, Tasha court le long de la rive, explorant les chutes, s'étendant parfois carrément dans l'eau pour se rafraîchir.

— On raconte qu'il y a maintenant des loups dans la région, dit Boris.

— J'en doute. Le Service des Parcs n'en a vu aucune trace. Les gens ne sont plus habitués et prennent des chiens errants pour des loups.

— J'ai quand même eu la curiosité de me rendre à une réunion du conseil municipal. Tu savais que les réunions commencent encore par une prière ?

— Bienvenu dans le monde rural ! Ici, bien des gens vont toujours à la messe.

— Oh ! ça ne me gêne en rien. J'ai vécu un peu partout en Afrique et je m'arrange avec toutes les mœurs, toutes les coutumes. J'y suis allé parce que la question des loups était à l'ordre du jour. Cette histoire m'intéresse. On a inventorié une dizaine de rencontres. Dans deux cas, c'était sérieux. Une bête a bel et bien attaqué Octave, et une autre, Linda et ses copains. Qu'il s'agisse de loups et de chiens sauvages, ce n'est pas très différent.

— Et qu'a-t-on décidé, au conseil ?

— On va demander au Service de la Faune d'enquêter. On a mis la fourrière municipale sur le qui-vive, prête à intervenir à la moindre alerte. La police n'a pas encore de raisons d'intervenir. Octave a dit que c'était un accident de chasse. Les gens sont prudents, ils ne veulent pas déclencher une hystérie collective.

— C'est ce qui pourrait arriver. On voit souvent ce qu'on voudrait voir. Quelqu'un finira par prendre Tasha pour une louve.

Tasha se sent un peu délaissée. Qu'est-ce qu'ils peuvent trouver, ces humains, de plus important que de jouer avec elle ? Elle leur apporte un bout de bois. Jacques le prend et le lui lance sur le talus. Heureuse, elle va le chercher et le pose aux pieds de Boris, qui le lui jette au loin à son tour.

— Moi, je ne suis pas du genre hystérique, dit Boris. Pourtant, j'ai vu une sorte de loup ou de chien errant chez moi, à deux reprises. Remarque, si c'étaient des loups, j'en serais bien content. J'ai toujours aimé ces bêtes.

— Pas étonnant, vous êtes de la même race. Ton père, on l'appelait le Loup.

— Tu te souviens de ces vieilles histoires ? C'était un homme de la pègre. Il a parfois tué un peu brutalement. Ça lui a valu son surnom. Je ne l'ai pas beaucoup connu. Ma mère avait épousé un autre homme, plus tranquille. J'avais dix-huit ans quand j'ai appris que le Loup était mon père. C'était un secret de jeunesse de ma mère. La même histoire s'est répétée avec Jade. Tu dois aimer ça, toi l''écrivain.

— Le parallèle a du potentiel, reconnaît Jacques. J'y penserai. Maintenant, tu as vraiment une belle propriété. Quand j'ai acheté mon lopin, j'avais regardé autour. Le seul lac privé à vendre se trouvait à cent kilomètres d'ici, et j'aurais dû entretenir cinq kilomètres de route de terre. Je me suis contenté d'un coin au bord du lac.

— J'ai eu de la chance, oui. Tu es quand même entouré de forêts. Vivre en forêt, ça donne une dimension spéciale à l'existence, n'est-ce pas ?

— Ici, nous sommes dans le parc de la Gatineau. Mon lac se déverse dans cette rivière. Tiens, nous allons rentrer en suivant le ruisseau.

Ils longent la rive pendant un kilomètre et atteignent le ruisseau, qu'ils se mettent à remonter à travers les bois. Boris a passé son enfance dans les forêts du Manitoba et se sent dans son élément. Jacques y a travaillé plusieurs étés, dans sa jeunesse, et a toujours l'impression de s'abreuver à des sources essentielles quand il circule dans la nature sauvage.

— Maintenant que tu te construis une maison, songes-tu à quitter l'Afrique ?

— J'hésite encore. Passer l'été avec Dewi, c'est du bonheur. Je l'aime. Vivre ensemble, c'est une autre paire de manches. Je ne suis pas facile. Je suis un loup solitaire. J'ai toujours tout fait à ma tête, sans m'occuper de personne. Elle risque de me trouver vite insupportable. Et puis, des hivers à trente sous zéro, ce serait dur sur mes vieux os. Ça fait quarante ans que je les évite.

— Pour un égocentrique, tu as le cœur sur la main. Demande à Daniel, à Linda, à Jade. Ils te doivent tout. Et Jade, justement, dans tes projets ?

— Vraiment, Jacques, je ne sais pas. Je n'ai pas l'instinct paternel. C'est une fille que je trouve fascinante et admirable. Une belle bouffée de vie. En Tanzanie, je pense toujours à elle et à Dewi. D'ici septembre, je prendrai une décision.

Tasha leur fausse régulièrement compagnie pour explorer les environs. Ils doivent parfois l'appeler et l'attendre. Elle revient alors, heureuse et haletante. Elle aussi, elle se trouve dans son élément.

Soudain, ils l'entendent aboyer. Jacques fronce les sourcils :

— Elle n'aboie pas normalement. C'est presque un cri d'alarme.

— Un ours, peut-être ?

— Non. Elle fait trop de bruit en courant, l'ours se serait enfui. Un chevreuil aussi. Tasha n'est pas une chasseresse très efficace.

Il l'appelle, à plusieurs reprises. Tasha aboie, mais ne revient pas.

Ils se dirigent vers l'endroit d'où viennent ses cris. Ils l'aperçoivent bientôt, gambadant et aboyant au pied d'un escarpement rocheux.

— C'est comme si elle avait pris une bête au piège, note Boris.

— Un castor ? Une fois, elle a reniflé de trop près un porc-épic. J'ai dû lui arracher une dizaine d'épines de la truffe, avec une pince.

En les voyant arriver, Tasha aboie de plus belle. Boris saisit une branche tombée et en brise un tronçon en guise de gourdin.

— Si c'est une bête coincée, explique-t-il, elle voudra se défendre.

Ils approchent. Et ils échangent un coup d'œil, ébahis. C'est une fille, une jeune fille, recroquevillée, les bras autour des genoux, l'air assommé, vulnérable, pitoyable. Tasha l'aurait-elle surprise avec un amoureux qui a pris peur et s'est enfui ? C'est déroutant. Que faire ? Avant tout, garder son sang-froid.

— Bonjour, dit Jacques, d'un ton amical.

Elle ne répond pas. Elle le regarde, simplement, les yeux écarquillés. Se serait-elle droguée ? Tasha se frotte contre les jambes de Jacques, en grognant doucement.

— N'aie pas peur, dit-il à la jeune fille, c'est une bonne bête. Qu'est-ce qui t'est arrivé ? Qu'est-ce que tu fais ici ?

On voit, aux mouvements de ses mâchoires, qu'elle voudrait dire quelque chose. Aucun mot ne sort.

Il remarque des écorchures sur ses bras et ses épaules. Parfois, des filles qui font du pouce se font entraîner par des conducteurs trop entreprenants. Quelqu'un l'aurait-il amenée ici de force et aurait pris la fuite en voyant la chienne ou en les entendant venir ? C'est quand même un peu loin de la route.

— Es-tu venue seule ?

— Je ne sais pas, murmure-t-elle avec un filet de voix et l'air de quelqu'un qu'on vient brusquement de réveiller.

— Tes vêtements…?

— Je… je ne sais pas…

Tout à coup, Boris reconnaît ce visage.

— Tu t'appelles Geneviève. Tu es venue cueillir des fraises chez moi. Je t'ai vue aussi au barbecue, chez Berthe.

Elle hoche la tête. Sans hésiter, Boris enlève sa chemise et la lui tend.

— Tiens, prends ça, c'est mieux que rien, ça te protégera. Autrement, tu vas encore t'égratigner.

— Je t'amène chez moi, décide Jacques. Le temps que tu te sentes mieux.

Manon, Dewi et Jade sont bien surprises de les voir arriver dans cet état. Jacques leur explique la situation. Geneviève semble l'écouter comme s'il parlait de quelqu'un d'autre. Fort préoccupée, Dewi sent qu'il ne faut pas la brusquer, mais agir de façon à la mettre à l'aise.

— Tu es maintenant chez des amis. Tu comprends ? Ça va mieux ?

— Un peu zombie, admet Geneviève. Je ne comprends pas…

Manon prend aussitôt l'affaire en mains.

— D'abord, on va s'occuper de tes blessures. Viens.

Avec l'aide de Dewi, elle conduit Geneviève dans la salle de bains. Jade lance un grand sourire à son père :

— Eh bien, tu as encore secouru une fille en détresse !

— Cette fois, je n'ai rien fait. C'est Tasha qui l'a trouvée.

Quinze minutes plus tard, bien enroulée dans une robe de chambre, Geneviève semble avoir recouvré tous ses esprits. Ses écorchures sont toutes superficielles. Un peu d'antibiotique, deux sparadraps, rien de sérieux.

— Je vous remercie. Vous êtes très gentils. Je ne sais quand même pas ce qui m'est arrivé.

— Aucun souvenir ? Rien ?

— Je courais. Je sais que je courais. Et puis, il y a eu la chienne. Elle est gentille, Tasha.

— Veux-tu appeler tes parents ? Ou veux-tu que je te ramène chez toi ?

— Je vais les appeler. Je ne voudrais pas qu'ils s'inquiètent. J'aimerais aussi m'étendre un instant. C'est comme si on m'avait réveillée au milieu d'un rêve.

— Un rêve ou un cauchemar ?

— Un rêve magnifique !

Décidément, elle semble tout à fait remise.

— C'est bon, repose-toi. Tu nous expliqueras tout plus tard.

14

LES LOUPS-GAROUS

APRÈS SES EMPLETTES AU *MAGASIN GÉNÉRAL*, JACQUES ARRÊTE À *LA GIROUETTE*. LISE L'A APPELÉ, ELLE VOULAIT PASSER le voir, mais il lui a dit de ne pas se déranger, il devait déjà se rendre à Wakefield. Il n'y a pas de clients dans la boutique.

— Merci d'être venu, monsieur Dalban. C'est au sujet de Geneviève.

— Vous devez être inquiète. Je comprends ça.

— Comme je vous le disais au téléphone, c'est la fille de mon conjoint. Je l'aime tout autant. J'essaie de voir ce qui s'est passé.

Boris a reconduit Geneviève chez elle, après l'incident. Il a certainement fourni tous les détails, comment ils l'ont trouvée, comment elle réagissait.

— Je ne crois pas pouvoir vous dire autre chose que ce que vous savez déjà. Quand on l'a trouvée, elle semblait déboussolée. Ça ne lui a pas pris beaucoup de temps à redevenir normale. Ce n'avait pas l'air d'un traumatisme très profond.

— Vous devez quand même avoir des idées, avec votre expérience.

Jacques sourit. L'expérience d'un romancier ne sert pas à grand-chose dans ces cas-là.

— Ne mélangeons pas fiction et réalité. Le plus probable, c'est qu'elle s'est sentie fatiguée, après avoir longtemps marché, et même couru. Elle s'est arrêtée pour faire un somme et la chienne l'a réveillée quand elle était entièrement plongée dans un grand rêve.

— Dans la forêt, on ne se met pas en petite tenue pour faire une sieste. Même quand il fait chaud.

— En effet, c'est dur sur la peau. Cependant, quand on rêve profondément, il arrive qu'on fasse des gestes dont on ne se rend pas compte.

— Ça peut arriver, mais ses vêtements seraient restés à côté d'elle.

— Ils pouvaient se trouver à quelques pas. On a regardé autour, mais sans y mettre trop de temps. Le plus urgent, c'était de la ramener là où on pouvait s'occuper d'elle. Nous avons aussi pensé à une agression.

Lise le regarde, les yeux brillants, pendue à ses lèvres.

— Un homme du genre violent rencontre une adolescente dans le bois et l'assomme. C'est Dewi, la femme de Boris, qui y a songé. Geneviève a bien voulu vérifier. Elle n'avait aucune trace de viol. Et aucune marque de coup sur la tête. Alors, c'est très douteux. À moins d'imaginer que l'agresseur hypothétique se soit enfui en nous entendant approcher. Même là, Geneviève s'en serait souvenue.

— D'après vous, on ne pourra rien savoir de plus ? Cette fois, rien de trop fâcheux n'est arrivé. Ce qui me préoccupe, c'est que ça peut recommencer. Avec des conséquences plus tragiques.

— Vous avez raison. Ce qui lui est arrivé n'est pas normal. Alors, on veut en connaître la raison. Vous pouvez songer à un examen du cerveau, à un test de résonance magnétique, pour vérifier s'il n'y a pas de tumeur au cerveau. Vous pouvez aussi songer à des examens psychologiques ou psychiatriques. C'est à vous de décider. Vous la connaissez mieux que moi, vous vivez avec elle.

— Que feriez-vous, à ma place ?

— On ne peut jamais se mettre à la place de quelqu'un. Je crois bien que, moi, je ne ferais rien. Il n'y a pas là suffisamment d'éléments. C'est peut-être un incident unique.

S'il y a une deuxième fois, ce serait différent.

Il voit bien, au visage de Lise, qu'elle a envie de dire quelque chose et qu'elle se retient. Il attend, encourageant. Finalement, avalant sa salive, elle déclare :

— Et si elle s'était vraiment transformée en louve ?

C'est une déclaration plutôt extraordinaire. Mais Jacques est du genre calme :

— Vous êtes sérieuse ?

— Tout à fait. Il y a des forces mystérieuses dans la nature. Je ne crois pas que ce soit impossible.

Jacques s'est toujours intéressé aux gens qui nourrissent des croyances inusitées. Lise est une femme d'affaires, elle a étudié la traduction à l'université. Cependant, même des gens très éduqués entretiennent des convictions saugrenues.

— Elle m'a eu l'air d'une adolescente bien normale. Manon l'a vue de plus près que moi, en s'occupant de ses écorchures, et n'a rien remarqué de spécial.

— Parce qu'elle avait repris sa forme humaine.

— Et elle a gardé ses souliers quand elle était une louve ? Non, vraiment...

— Elle a pu les remettre après. La métamorphose, c'est très éprouvant. Ensuite, elle s'est évanouie.

Jacques n'a pas envie de rire. L'interprétation de Lise lui semble fascinante. Il admire sa logique, prenant toutes les bribes de réalité pour alimenter sa croyance.

— Je vous en parle, dit Lise, parce que je vous ai lu et je sais que vous avez l'esprit ouvert. Moi, j'y pense depuis longtemps. Les aïeux de Geneviève viennent de la région de Charlevoix. Je me suis renseignée. Dans le passé, il y a eu beaucoup d'histoires de lycanthropie là-bas. Je me dis qu'il n'y a pas de fumée sans feu.

— Le président Kennedy a noté que, parfois, il y a juste quelqu'un avec une machine à fabriquer de la fumée. Et puis, bien des réactions chimiques créent de la fumée sans qu'il y ait de flammes. Mais ne nous perdons pas dans les images. La lycanthropie, c'est la transformation d'un être humain en loup. Ça me paraît bien difficile à imaginer. Vous pensez vraiment qu'il y a du vrai dans ces histoires ?

Un peu sur la défensive, Lise décide de poursuivre ce filon. Au moins, Jacques n'a pas ri, il semble même la prendre au sérieux.

— Je veux examiner toutes les possibilités. C'en est une. J'ai vu déjà des signes. Je pensais que ça finirait par arriver.

Jacques lève la tête, songeur, se rappelant ce qu'il connaît sur le sujet.

— Les loups-garous font depuis longtemps partie des légendes populaires. Surtout en Europe. Et, par ricochet, en Nouvelle-France. À l'époque, les paysans mangeaient surtout du pain de seigle. Il arrivait que les céréales soient avariées, contaminées par un ergot hallucinogène. Un peu semblable au LSD. Ceux qui en mangeaient éprouvaient des hallucinations. Comme ils croyaient aux loups-garous, ils en voyaient partout. Ils pouvaient même croire qu'ils en étaient.

— Moi, je ne trouve pas ça convaincant, dit Lise. Ce sont des explications scientifiques qu'on invente par refus d'admettre l'existence du surnaturel.

— Si ma mémoire est bonne, poursuit Jacques, on a répertorié soixante-dix mille procès de lycanthropie entre le seizième et le dix-huitième siècle. Toujours dans des régions où on consommait du pain de seigle de qualité douteuse. Des gens qui croient fortement en la Vierge finissent par la voir. À Lourdes, à Fatima... Et d'autres les croient. Personne n'a jamais vu un ange et beaucoup croient qu'ils existent.

Lise secoue la tête. Elle connaît ces arguments, elle s'est débattue avec eux.

— Je me fie aussi à la science, monsieur Dalban. Il faut voir plus loin. Passer de Ptolémée à Copernic, et de Newton à Einstein. On continue à découvrir bien des choses ! J'ai pensé que, si on retrouvait des tombes de loups-garous, on pourrait examiner leur ADN. Voir s'il y a des gènes propices à des métamorphoses.

— Prendre tour à tour forme humaine et forme animale constituerait tout un exploit sur le plan moléculaire.

— Des poissons, des insectes changent bien de forme. Ce n'est pas impossible.

— Geneviève est au courant de ce que vous pensez ?

— Oui. Et c'est une fille terre à terre, comme vous. Elle n'y croit pas. Quelque chose lui est quand même arrivé. Et il y a Serge, son amoureux. Un Lemoyne. Ils ont tous deux les yeux verts. Ici, c'est plutôt exceptionnel.

— Mais qu'est-ce que la couleur des yeux a à voir avec les loups-garous ?

— Moi, j'explore, je cherche, je fouille. Toutes les pistes méritent d'être suivies.

— Que puis-je vous dire ? Vous pouvez toujours garder cette explication à portée de la main. Je ne voudrais pas que mon scepticisme vous décourage !

Jade habite à Gatineau, Linda à Sainte-Cécile. Depuis près d'un an, depuis qu'elles se connaissent, elles s'arrangent pour se rencontrer presque chaque semaine. Elles se sentent bien ensemble. Maintenant que le père de Linda s'occupe d'ouvrir le chemin dans la propriété de Boris, elles se retrouvent parfois pour pique-niquer au bord du lac. Aujourd'hui, elles ont invité Geneviève, qui a tenu à préparer une salade. Jade a apporté un dessert, Linda fournit les rafraîchissements.

— C'est ici que Boris veut construire la maison, dit Jade, qui appelle toujours son père par son prénom.

— Il ne faut pas trop en parler devant mon père, signale Linda. C'est le père de Daniel qui aura le contrat.

— Boris s'est renseigné, explique Jade. Ton père travaille très bien et peut construire des maisons. Mais il ne prend pas d'initiative. Boris peut retourner en Afrique à tout moment. Au moindre problème, ton père voudra le consulter. Boissonneau a plus d'expérience et un bon jugement. Boris lui fait confiance.

— Je sais. Mon père est déjà bien content

d'avoir eu le contrat pour les aménagements extérieurs.

— Si c'est Boissonneau, dit Geneviève, il demandera sans doute à mon père de se charger des installations électriques. Ils travaillent souvent ensemble.

Jade prend plaisir à leur décrire la maison. Dewi et Boris ont passé bien des heures à feuilleter des catalogues, à examiner différents modèles, à dresser des listes de leurs besoins et de leurs souhaits. Ça avait commencé par un chalet d'été et ça a fini par une grande maison habitable à longueur d'année.

— Vous déménagerez ici ? Ce serait super. On se verrait plus facilement.

— Je n'en ai aucune idée. Boris compte passer plusieurs années encore en Afrique. Et puis, des fois, il songe à s'établir ici définitivement. On verra bien.

— C'est un homme assez spécial, ton père, dit Geneviève. Quand je l'ai vu la première fois, dans le champ de fraises, il n'avait pas l'air commode. L'autre jour, je l'ai trouvé tellement gentil !

— Côté tempérament, il est plutôt à fleur de peau, répond Jade en souriant. L'été dernier, il était très contrarié. On avait voulu me tuer, on lui avait logé une balle dans l'épaule, ça n'allait vraiment pas. Maintenant, nous sommes ensemble, il se construit une maison, il est généralement d'excellente humeur.

Elle éprouve une montagne d'affection pour ce père qui lui est arrivé à l'improviste.

— J'oubliais le plus important, lance Linda tout à coup. Daniel m'a appelée juste comme on partait. Il a retrouvé ton cellulaire.

— Ce n'est pas possible ! s'écrie Geneviève. Comment il a fait ?

— C'est un vrai détective ! Tu nous avais raconté par où tu étais passée. Du terrain de stationnement à la rivière, c'est facile. Ensuite, ça devient compliqué. Un tas d'épinettes ressemble à un autre. Des champs abandonnés, il y en a plusieurs. Lui, c'est un gars méthodique. Il se promène souvent en forêt et connaissait l'endroit. Il a suivi plusieurs circuits. Il avait son cellulaire et il composait régulièrement ton numéro. Et puis, bingo ! Il a entendu ton appareil sonner.

Geneviève n'en revient pas. Elle y avait songé, puis s'était dit que c'était inutile, on ne peut pas repérer un petit appareil portable perdu dans l'herbe.

— Heureusement, les piles ne s'étaient pas encore déchargées. Par contre, le vent a dû emporter tes vêtements. Ou bien, ils ne sont pas tombés à la même place.

Geneviève ne s'attendait pas à une si bonne nouvelle. Un cellulaire, ça se remplace. Mais elle voudrait surtout retracer son itinéraire, découvrir quelque chose. Elle demandera à Daniel de lui indiquer l'endroit exact où il a retrouvé l'appareil.

— Daniel a regardé tout le long de la rivière, poursuit Linda. Il a pensé que tu avais voulu te baigner. Il faisait chaud, même si l'eau est encore glaciale. Il n'a rien vu.

Geneviève secoue la tête. Se baigner sans maillot, au risque d'être surprise par des passants, ce n'est pas dans ses habitudes.

— Boris et Jacques m'ont trouvée à deux kilomètres de la rivière.

— Et tu ne te souviens de rien ?

— Je ne fais que ça, essayer de me rappeler ! C'est inquiétant de découvrir qu'on a fait des choses dont on n'a pas la moindre idée. Ça ne vous arrive jamais ?

— Non.

— Eh bien, moi non plus. Pourtant, ce n'est pas la première fois. Lise dit que je me lève parfois la nuit pour regarder la forêt. Elle me croit somnambule. Je suis peut-être malade, sans le savoir.

Jade se représente Geneviève, sortant la nuit pour admirer les étoiles ou un clair de lune. Il n'y a là rien de préoccupant. Linda, elle, se sent attirée par tous les points d'interrogation. S'il y a un mystère, il faut l'élucider. Il doit toujours y avoir une explication raisonnable et scientifique.

— Le docteur Jekyll ne se souvient pas de monsieur Hyde. Et vice versa.

Geneviève saute sur la brèche :

— Un loup-garou se souvient-il qu'il était un humain ? Une personne se souvient-elle d'avoir pris une forme de loup ? Ça vous en bouche un coin, hein ? C'est une idée de Lise. Que les loups-garous existent. Que j'en suis peut-être une.

— Ridicule ! s'exclame Linda. Biologiquement impossible.

— D'après elle, l'ectoplasme…

— Ça n'existe pas ! C'est de la parapsychologie, de la fumisterie. Un squelette, c'est rigide. Ça ne peut pas changer de forme. Tu ne peux pas modifier ton ossature.

— C'est pourtant une belle idée, songe Jade. Surtout quand on la prend à l'envers. Imaginons une louve qui, sous le coup d'une malédiction, devient périodiquement humaine. Elle sait qu'elle est une louve et trouve sa forme bipède inconfortable et déplaisante. Daniel pourrait écrire une belle histoire sur ça.

L'image touche Geneviève en plein cœur. Elle connaît très peu Jade, mais elle a parfois trouvé chez elle des réflexions, des commentaires qui tombaient juste.

— Les malédictions, ça n'existe pas, affirme Linda. Je déteste les superstitions. Elles font toujours du mal. Et elles empêchent de voir la réalité.

Geneviève se concentre, ramasse ses souvenirs.

— Quand j'ai quitté la rivière, j'ai continué à marcher. Et je me suis mise à courir. Ça m'arrive des fois. Je pensais à toutes sortes de choses. Plus des images que des pensées. Je me laissais envahir par la forêt. Je courais, je volais. Une joie intense, profonde… Je me sentais dans un autre monde. Et je me suis retrouvée avec la chienne devant moi. Je n'arrive pas à y voir plus clair.

Jade écoute attentivement. Geneviève décrit le moment où on plonge dans un rêve. Ensuite, le rêve prend le dessus. Et puis, on se réveille.

— Ce n'est pas sorcier. Tu as rêvé que tu étais une louve, c'est tout. En rêvant, tu t'es débarrassée de tout ce qui t'encombrait. Comme on repousse les draps dans son sommeil.

Soudain, le visage de Linda s'illumine :

— Une possibilité : quelque chose se produit en toi, dont tu n'as pas la moindre idée. Comme la fille dans le film *Le lagon bleu* quand elle devient enceinte. Elle ne sait pas ce qui lui arrive, elle était trop jeune quand ils ont fait naufrage et personne ne peut rien lui expliquer.

Geneviève éclate de rire :

— Moi, je m'en rendrais compte ! Et puis, je n'ai jamais couché avec un garçon.

— Il y a la parthénogenèse. Tu sais, la conception sans l'intervention d'un mâle. Ça existe surtout chez les crapauds, mais ça pourrait arriver à des humains.

— C'est tiré par les cheveux. Et puis, j'ai eu mes règles la semaine dernière. Non, c'est une fausse piste.

— Alors, on continuera à chercher.

— Moi, dit Jade, je pense qu'il n'y a rien à chercher. On a fait un rêve, un rêve très fort, on se réveille, et on tourne la page. On perd toujours son temps à essayer d'interpréter les rêves. Et on ne les explique jamais : on fabule autour. Tu as eu une belle décharge d'adrénaline dans le cerveau, c'est magnifique ! Ça doit être très agréable de courir en tenue naturelle. Je devrai essayer ça un jour, moi aussi.

Geneviève lui adresse un sourire reconnaissant. Elle aime beaucoup cette fille pragmatique qui, contrairement à Lise, ne cherche pas midi à quatorze heures. Il fait beau, elle peut laisser l'incident derrière elle et continuer à vivre.

15

LA DATE

LINDA SE DIT QUE JADE EST ALLÉE UN PEU VITE EN AFFAIRE. ELLE A EU UN RÉFLEXE À LA BORIS: ON A UN PROBLÈME ET ON FAIT ce qu'on peut pour le résoudre ; si ça marche, tant mieux ; si ça ne marche pas, on le contourne, on l'ignore, on passe à autre chose. Elle, elle a toujours besoin de savoir et de comprendre.

Bien sûr, Jade a présenté une explication plausible. Geneviève traversait une phase de grande exaltation. En courant, elle s'excitait davantage. Ça peut activer toute la chimie du cortex et déclencher des bouffées d'adrénaline, nous pousser à poser des gestes sans qu'on s'en rende compte. Dans le cas de Geneviève, se débarrasser de cette carapace humaine – ses vêtements – pour se donner l'illusion de faire un avec la nature. Et tomber d'épuisement après une émotion trop intense.

Elle a quand même gardé ses souliers. Un réflexe normal, pour lui permettre de continuer à courir, autrement ce serait vite douloureux. De plus, ce détail confirme que l'idée d'une transformation en louve ne tient pas debout. Une petite quadrupède ne peut pas enfiler des chaussures.

Jade a sans doute raison. Cependant, il y a bien d'autres éléments dans cette histoire. Des fils qu'elle doit mettre ensemble.

Par où commencer ? Ses plus proches amis, Daniel et Jade, n'en savent pas plus qu'elle. Lise est au courant de bien des choses. La lycanthropie la passionne et elle a fait de longues recherches en la matière. Par contre, elle voit tout à travers le prisme de ses croyances. Ce n'est pas une observatrice digne de foi. Elle réinterprète tout, elle retient uniquement ce qui peut confirmer ses présomptions.

Linda a l'impression qu'elle doit faire vite. Trois adolescents ont été mordus. Octave a failli être tué. Des gens commencent à voir des loups partout. On parle de les abattre à vue, ce qui inquiète alors les gens qui ont de grands chiens.

Tout à coup, une idée. Elle aborde Serge à la première occasion :

— Comment se porte Octave ?

— De mieux en mieux. Je le trouve même plus serein que d'habitude.

— Est-ce qu'il parle encore de ces choses arrivées il y a cinquante ans ?

Serge lui a raconté l'histoire de la première rencontre d'Octave avec la louve.

— Non. Je n'ai pas soulevé le sujet. Je ne veux pas ranimer de fantômes.

— Je comprends. Dis, crois-tu que je peux aller le voir ?

— Il est assez rétabli pour avoir de la visite. Je lui en parlerai d'abord, il n'aime pas les surprises. Samedi, je vais travailler chez Boris avec ton père. Si grand-père est d'accord, je pourrai te conduire et te reprendre en fin de journée.

Linda se sent émue en voyant Octave dans une chaise berçante, sur le perron de sa cabane, fumant une pipe et feuilletant un gros livre. C'est dans cette position qu'elle l'a trouvé l'automne dernier, quand elle a accompagné Daniel et Boris, qui visitaient pour la première fois sa future propriété.

— Bonjour, les enfants ! s'écrie Octave, l'air guilleret. C'est gentil de venir me voir,

Linda. Comme tu vois, je ne suis pas encore mort.

— Je n'y pensais pas du tout ! Vous avez l'air trop solide. Fort comme un chêne, dit mon père.

— Les chênes aussi finissent par tomber. Ils ont bien essayé de me tuer, à l'hôpital. Figure-toi qu'ils m'empêchaient de fumer.

— C'était pour vous encourager à partir, dit Serge, amusé. Ils n'aiment pas garder les patients trop longtemps.

— Ils me tiennent quand même en laisse avec leurs médicaments. Au début, j'ai pensé balancer tous leurs comprimés. Finalement, je trouve qu'ils me font du bien. Si ça marche, je n'aurai peut-être pas besoin d'un pontage. Et, avec la physiothérapie, je retrouve peu à peu l'usage de ma main. C'était une sale morsure !

Linda remarque qu'il se lève avec un peu de difficulté. Sans doute est-il resté assis trop longtemps. Non, il marche aussi plus lentement que d'habitude. Elle jette un coup d'œil sur le livre, un album de photos d'animaux africains.

Octave les conduit dans la maison. Ce n'est pas la première fois que Linda y vient et le décor rudimentaire ne la surprend pas, pas plus que l'odeur du tabac. Une vieille cabane, un pied-à-terre pour chasseurs, avec une cuisine élémentaire, un salon et deux petites pièces. Une génératrice produit un minimum d'électricité, l'eau est pompée du ruisseau voisin et la toilette sèche se trouve à l'extérieur.

— Je suis vraiment bien ici, dit Octave, qui semble avoir deviné ses pensées. Chez moi, c'est tout moderne, et il y a toujours de la visite. Je suis un vieil homme solitaire. Les journées que je passe ici, ça n'a pas de prix. Je me sens vraiment en forêt. C'est ce que j'aime. Et ne croyez pas que je déteste le monde ! Boris vient parfois passer une heure ou deux, et ça me fait plaisir. Des amis, parfois. Des jeunes comme vous, c'est une bouffée d'air frais.

Il fait bouillir de l'eau puis offre du café, du thé ou une tisane. Ils s'installent dehors pour boire tranquillement.

— Tu étais avec Geneviève quand elle a rencontré le loup, n'est-ce pas ?

— Oui. Je crois que c'était un berger allemand.

— C'est possible. Mais la bête qui nous a attaqués n'était pas une chienne.

— C'est nous qui l'avons attaquée, rectifie Serge.

— Tu as raison. J'ai fait ce que je devais pour mon grand-père. Elle a fait ce qu'elle devait pour se défendre. Je me sens maintenant en paix avec elle.

Il caresse la cicatrice qu'il porte au cou. Ainsi que le disait Serge, une grande sérénité émane de lui.

— Boris me dit qu'elle rôde encore autour. Elle, ou une autre bête.

Il feuillette son album en leur montrant des photos, des zèbres galopant dans la savane, un éléphant irascible écartant ses oreilles, une famille de gorilles, une lionne sautant sur une gazelle, un crocodile aux aguets.

— C'est toujours beau, les bêtes. Dire que Boris peut les voir de près ! J'ai lu que, il y a quelques siècles, il y avait des couguars dans la région. On en a trouvé un en Abitibi, voici quelques années. Des carcajous, ça fait bien longtemps qu'ils ont disparu. Ils doivent se cacher dans le Nord.

Octave a chassé le chevreuil, l'ours, l'orignal, les outardes, le petit gibier. Et il compte bien recommencer à l'automne. La chasse crée bien des liens et il a toujours éprouvé de la sympathie pour les bêtes. Celle qui a tué son grand-père était devenue une ennemie mortelle. Maintenant qu'il l'a vue de près et qu'il en porte la marque, il a l'impression que leur histoire a pris fin. Il n'a pas remporté la partie, mais cela n'est plus important.

— Serge dit que tu as envie de parler de ces vieilles affaires d'il y a cinquante ans.

Il s'arrête en entendant un bruit de moteur. Serge se lève.

— C'est André, il vient me chercher. Je serai de retour dans trois heures.

— Et tu vas me laisser seul avec une aussi belle fille ? dit Octave en souriant. Qu'est-ce que vous faites aujourd'hui ?

— La finition de la route. On a déjà étalé le gravier. Ça a pris quinze voyages de camion. Maintenant, on ajoutera du gravier plus fin, puis de la poudre de roche.

— C'est bien, ce sera dur comme du ciment.

André descend du camion et se dirige vers eux.

— Salut, Octave ! Alors, la santé ? Tu as l'air en pleine forme !

— Ça va.

— Tant mieux ! Nous, ça nous inquiète. Tu sais que ce loup tourne toujours autour d'ici ?

— Ce n'est pas nécessairement un loup, précise Linda.

— Ça, dit André, on le saura quand on verra son cadavre. Claude, Bobby et Fernand, on a décidé de ne plus attendre. Les enquêtes municipales, ça prend une éternité. Nous allons régler le problème une fois pour toutes.

— Tiens ! Voyez-moi ça ! Qu'est-ce que vous avez l'intention de faire ?

— La chasse, Octave ! À nous quatre, on couvre facilement ton terrain. Deux cents hectares, n'est-ce pas ? On est en train de se coordonner. On viendra parfois le matin, ou l'après-midi ou le soir. Tôt ou tard, nous l'aurons.

Linda sent un point dans le cœur. Elle revoit la bête dans la crique. Loup ou berger allemand, c'était un bel animal. Serge aussi est tout remué. C'est la première fois qu'André mentionne son projet. Tuer Reflet de lune ? Jamais !

Octave réfléchit.

— Non, décide-t-il. Pas chez moi.

André ne s'attendait pas à cette réponse.

— On fait ça pour toi, Octave. Elle a failli te tuer. Elle en a attaqué d'autres. On ne va pas se laisser faire.

— Elle a failli me tuer, et j'ai mon mot à dire. Ces bêtes, je veux qu'on les laisse tranquilles. Tôt ou tard, elles s'en iront d'elles-mêmes. Ou bien, nous apprendrons à vivre avec.

André le regarde, frustré. Il connaît Octave. Il ne pourra pas le convaincre.

— Nous, on est sûrs que c'est la seule solution. On en reparlera un de ces jours. Viens, Serge.

Octave les suit des yeux pendant qu'ils montent dans le camion. Il attend qu'il ait disparu, puis se tourne vers Linda.

— Il est très bien, Serge. L'an dernier, je pensais que tu étais un peu amoureuse de lui.

— Je le trouve toujours très à mon goût, avoue Linda. Il m'impressionne. L'an dernier, pour lui, j'étais une enfant. Maintenant, il y a Geneviève.

On décèle à peine une pointe de regret dans sa voix.

— Ils sont très beaux ensemble, ajoute-t-elle.

— Toi, tu as toujours raisonné avec ta tête. Un jour, tu raisonneras aussi avec ton cœur. Mais il ne faut pas brûler les étapes. Les choses viennent quand elles viennent. Et ce n'est pas parce qu'on aime quelqu'un que cette personne nous aimera. C'est même plutôt rare. Il faut chercher, et on finit par trouver. À propos de Geneviève : que lui est-il arrivé, exactement ?

Linda lui raconte ce qu'elle sait, en y ajoutant l'explication de Jade, qui finalement lui semble assez juste.

— Tu as sans doute raison, dit Octave. C'est quand même étonnant. Geneviève est une fille très sérieuse, les pieds bien sur terre. Tant mieux si elle peut aussi faire de beaux rêves ! Maintenant, l'histoire de mon grand-père…

Il semble encore hésitant. Ou bien, il ne sait pas par où commencer. Il finit son café, puis décide qu'il en veut une autre tasse. Linda évite de le brusquer. C'est déjà beau qu'il ait accepté d'en parler.

— Bon, voilà, je vais tout te dire.

Il reprend alors l'histoire telle qu'il l'a contée à Serge la nuit où ils se sont rendus chez Bobby. Même en la connaissant déjà, Linda frissonne souvent en l'écoutant. Quelle expérience horrible ! Dire qu'Octave a passé toute sa vie avec ces souvenirs ! Elle comprend son acharnement à tuer la bête. Il ne pouvait plus s'agir de la même façon, pas après cinquante ans, mais la louve grise a hérité d'une longue haine. Quand un chien nous a mordu, on se méfie de tous les chiens. Quand une abeille nous a piqué, on déteste toutes les abeilles.

— C'est dur à vivre, à dix-sept ans, dit-elle.

— À tout âge, Linda.

— Tout à l'heure, vous disiez qu'il fallait laisser ces bêtes tranquilles.

— C'est ce que je pense. Depuis deux semaines. Ça m'a pris du temps ! Tu as vu les cicatrices de Boris ?

Boris porte à l'épaule de longues marques de griffes. Linda les a vues quand il est venu se baigner chez Berthe. Il visitait un centre de réhabilitation de lions blessés ou rendus orphelins, en Tanzanie. Un lion lui avait donné un coup de patte, ce qui avait valu à Boris un long séjour à l'hôpital. Il n'en avait pas voulu à la bête. Le lion voulait jouer, tout simplement. Il ne savait pas qu'il lui faisait mal.

— Ce sont des choses de la nature, tu vois. Le vent abat un arbre qui tombe sur ta maison. La grêle détruit ton champ de maïs. Tu ne pars pas en guerre contre le vent et la grêle. Tu trouves moyen de te protéger. Ces loups sont certainement féroces. Et très intelligents. Ils ont attaqué mon grand-père. Et moi aussi. Parce qu'ils se défendaient. Je crois qu'il vaut mieux les laisser à leur monde. Et je commence à avoir faim. Veux-tu partager une omelette ? Avec des champignons ?

— Je peux m'en occuper, si vous voulez.

En préparant le repas, Linda pense toujours à l'histoire qu'Octave vient de raconter. Elle se rappelle soudain une conversation avec Geneviève, quand ils se renseignaient au sujet de leurs ancêtres.

— Dans votre première rencontre avec le loup, il y avait Elzéar, Euclide, Wilfrid et votre grand-père.

— C'est exact.

— Et Réal Turcot ?

Octave reste songeur. Il essaie de se rappeler.

— Non. Je l'ai à peine connu. Il a quitté la région à cette époque.

— Avec deux jumeaux, je crois.

— Ça, vraiment, je ne sais pas. C'est il y a bien longtemps. J'avais tout oublié mais là, ça me revient. Il avait fait ces enfants à Pricille Lemoyne. C'est pour ça qu'on n'en parlait pas. Surtout pas en présence de jeunes comme moi. À cette époque, c'était un gros péché. L'essentiel, c'est que ça n'a rien à voir avec les autres.

— Bon. Un chose m'étonne beaucoup : qu'on ait enterré le loup et ses louveteaux.

Sans répondre, Octave bourre sa pipe, tranquillement, l'air absorbé.

— Je n'étais pas là. C'était une idée de Wilfrid. Il avait du sang indien. D'autres traditions. Oh ! c'était un homme éduqué. Il avait passé un an au Petit Séminaire, à Québec. Il n'avait pas tellement la vocation et il est revenu vivre ici.

— Quand même, enterrer un loup…
Personne n'a jamais fait ça.

— Pour lui, ce n'était pas un loup
comme les autres. C'était un des dieux de
la forêt… En le couvrant de roches, on lui
donnait une marque de respect. Se conci-
lier les esprits… Ça n'a pas servi à grand-
chose. Sa louve s'est chargée de le venger.
Quatre morts… J'aurais pu être le suivant…
C'est pour ça qu'il faut en finir. La seule
manière de faire la paix, c'est d'arrêter de
se battre. Les laisser tranquilles.

Il continue à fumer.

— Pourquoi tu t'intéresses tellement à
ces choses ?

— Moi, j'aime savoir pour savoir.

Soudain, Octave se lève et entre dans la
cabane, ouvre un placard et se met à fouil-
ler. Linda remarque un fer à cheval, des boî-
tes de métal, une pile de vieilles revues, une
tuque, un bric-à-brac hétéroclite d'objets
anciens. Il tire finalement un almanach, sans
doute un calendrier paroissial, plein d'images de saints.

— Je savais que je l'avais gardé.

Il tourne les pages. Une date est encer-
clée de rouge : le 15 novembre 1952.

— C'est le jour où mon grand-père est
mort. J'ai marqué la date. C'est étonnant,
un vieux calendrier. À cette époque, ta mère

n'avait pas rencontré ton père. Elle n'était même pas née ! Quand on se fait vieux, la vie ressemble de plus en plus à un rêve. Toutes ces choses qui sont arrivées, qu'on a vécues… Elles disparaissent, comme la neige qui fond. Quelques-unes laissent des traces.

Une énorme tristesse traverse son regard. Et puis il sourit :

— C'est bien. Tout est bien. Cette louve qui a tué mon grand-père, elle a pris trois semaines jour pour jour à venger son loup et ses petits. Je m'en souviens, on l'avait dit à l'enterrement.

Linda réfléchit vite :

— Octobre, c'est trente et un jours. Ils ont donc tué le loup le 25 octobre.

— C'est possible. Oui, c'est bien ça. Et cette louve a eu d'autres petits, qui ont eu des petits. Ils ne savent rien de ce qui est arrivé avant eux. Ils ne sont responsables de rien. Je n'aurais pas dû reprendre cette histoire. Alors, j'arrête. C'est la meilleure solution.

Linda note la date. Elle a l'impression que c'est important. Reconstituer les événements. Ce n'est pas encore clair, mais la solution est là.

16

LA PLAQUE

—UN BORIS SOCIABLE ! S'ÉCRIE JACQUES, AMUSÉ. JE N'AURAIS JAMAIS PENSÉ VOIR ÇA.

— La société, je n'en ai rien à fiche ! grogne Boris.

— Quand tu bâtis ta maison, tu te fais des racines. Tu finiras maire de Masham, tu verras.

— Dans un de tes romans, quand tu te mettras à divaguer.

— Avoue que tu te sens heureux ! Propriétaire foncier. Déjà papa. Et grand-père dans quelques années.

— Tu déraisonnes. Jade a à peine quinze ans.

— Je la trouve admirable. Une fille solide, pleine de vie. Elle ira loin.

— Elle se tire très bien d'affaire. Il n'y a pas longtemps, elle nous a enfin raconté, à Dewi et à moi, ce qu'elle a subi avec ce maniaque qui l'a enlevée l'été dernier.

Plutôt déplaisant, je t'assure. Elle semble avoir mis l'expérience derrière elle. Comme la forêt qui repousse après avoir été saccagée par une tornade.

On a creusé le puits quelques jours plus tôt. On a trouvé de l'eau à soixante pieds, mais Boris a pensé que le débit n'était pas suffisant. On a donc continué à vriller dans le granit jusqu'à atteindre, à deux cents pieds, une nappe phréatique plus généreuse. Le tuyau ressemble à une borne, à dix pas de l'emplacement de la future maison.

Dewi a eu l'idée de célébrer l'événement en organisant un barbecue. Elle songeait à n'inviter que des amis proches – Jacques et Manon, Gustave et sa femme Zenash avec leur bébé. Jade a tenu à inviter Linda et Daniel. Linda a suggéré d'ajouter Geneviève et Serge. On ne pouvait pas écarter André, le père de Linda, qui avait ouvert le chemin. Il est venu avec sa femme Josette et leurs autres enfants, deux garçons de cinq ou six ans. Il a bien fallu aussi inclure Lise et le père de Geneviève, puis, du côté de Serge, Claude et Marie-Claire. Octave, ça allait de soi, c'était le seul voisin, et Boris l'aimait beaucoup. Berthe n'a pas pu venir, elle est partie voir sa sœur en Caroline. Finalement, ils sont une quinzaine de personnes, ce qui a poussé Jacques à souligner la sociabilité inattendue de Boris.

Tout le monde se connaît, la bonne humeur règne, Dewi est ravie que son initiative rencontre autant de succès. De plus, c'est une très belle journée, chaude et ensoleillée. La météo l'annonçait et les plus jeunes ont apporté leur maillot.

— L'eau est encore glaciale, prévient Daniel.

— Pas en surface, estime Linda. Le lac n'est pas très profond, il a eu le temps de se réchauffer.

— La meilleure façon de le savoir, décide Jade, c'est d'y aller.

Où trouver un coin discret pour se changer ? Les VTT d'André et de Claude offrent un rempart suffisant. Les jeunes gens se rendent ensuite au bord du lac. Ils hésitent encore, attendant que l'un ou l'une fasse le premier pas.

Serge et Geneviève entrent dans l'eau en courant. Les autres y vont plus lentement, c'est vraiment frisquet. Passé le premier contact, ils se réchauffent en nageant et savourent le grand plaisir d'une baignade après ces mois d'hiver.

— C'est beau, des adolescents dans un lac, commente Gustave.

— J'espère surtout qu'ils n'attraperont pas un rhume, dit Lise.

— J'ai dit à Linda que c'était une mauvaise idée, enchaîne Josette, mais elle n'écoute jamais.

— Les jeunes, ça se croit toujours au-dessus de tout, renchérit Marie-Claire.

Jacques remarque que c'est surtout les mères qui se préoccupent de leurs enfants. Des adolescents fonceurs et un peu imprudents lui paraissent plus intéressants que des enfants douillets. Quinze minutes plus tard, les jeunes sortent de l'eau, s'essuient vigoureusement et rejoignent les autres en riant.

— Félicitations ! lance Gustave.

— Allez quand même vous rhabiller, dit Josette, vous devez être gelés.

— Non, on est bien. Il fait chaud.

Les uns commencent à installer les tables pliantes et les chaises, les autres se chargent de cuire la viande, d'autres s'occupent des salades ou bavardent. Serge et Geneviève retournent au bord du lac.

— Boris s'est vraiment trouvé un beau coin. Ça, c'est vraiment la forêt.

— J'aimerais bien m'acheter un coin pareil, un jour, dit Serge.

— Moi aussi. Cependant, tu sais… Des fois, j'ai un peu peur. Depuis que cette chose m'est arrivée, l'autre jour… Ce n'est pas rassurant de découvrir qu'on a fait quelque chose sans s'en rendre compte. Une double personnalité, c'est de la schizophrénie. Une maladie du cerveau.

Serge regarde la surface du lac, si calme.

— Je ne me fais pas de soucis pour toi. Au contraire, je t'envie d'avoir eu cette audace. Ça devait être beau !

— Je me demande si ça vient de la forêt, cette espèce de musique sauvage que je sens en moi. Alors, est-ce qu'elle s'éteindrait si je vivais en ville ?

— Cette musique, je l'ai aussi en moi, dit Serge. Un volcan qui veut exploser. J'y tiens. Je ne veux pas la perdre. Et puis, je crois que je l'aurai toujours, où que je vive. La forêt, c'est le lecteur de CD. Le CD, c'est moi. C'est nous.

Il se rappelle soudain la conversation d'André avec Octave.

— André veut tuer le loup. Tous les loups. On en connaît au moins deux.

— Non ! Ce serait cruel et méchant. Reflet de lune, Éclat de soleil…

— Octave n'est pas d'accord, lui non plus. Mais André en a convaincu d'autres. Ce ne sera pas facile de les arrêter.

Daniel s'est arrangé pour s'asseoir à côté de Jacques. La conversation est très animée, portant sur une foule de sujets disparates. C'est un charivari plein d'entrain, avec tous ces gens venus d'horizons différents qui trouvent plaisir à être ensemble. Profitant d'une pause, Daniel aborde enfin le sujet qui le tenaille :

— Vous m'avez dit que l'essentiel, quand on écrit, c'est une bonne histoire.

— C'est essentiel, mais ce n'est pas tout, dit Jacques. Essaie de raconter un tableau de Picasso ou une symphonie de Beethoven. Essaie de décrire la Vénus de Milo. Ce que tu ne peux pas mettre en mots, c'est ce qui fait la beauté de ces œuvres. Avec la même bonne histoire, l'un fait un grand film et l'autre, un navet.

— Alors, ce qui compte, c'est le style. Pourtant, vous disiez qu'il ne fallait pas trop insister là-dessus.

— Parce que ça doit couler de source. Sans effort. Autrement, ça donne une écriture laborieuse, travaillée, artificielle. Ennuyeuse. Alors, même si l'histoire est bonne, on ne te lira pas. Un bon écrivain, c'est toujours un bon style. Et ce n'est pas de la grammaire ! C'est le regard de Van Gogh, différent du regard de Gauguin, différent du regard de Dali. La forme et le fond, ces choses vont ensemble.

Jacques voit bien que le garçon a surtout envie de recevoir des conseils. Il ne peut en donner qu'un :

— Tu veux jouer de la guitare ? Tu dois gratter tes cordes. Connaître l'instrument. Apprendre tes gammes. Moi, à ton âge et même avant, j'ai commencé par lire. Beaucoup, de tout. En essayant de voir pourquoi un bouquin me semblait plus réussi qu'un autre. Et j'ai beaucoup écrit. Des nouvelles, des poèmes, des romans, ce que tu veux. Et je les mettais de côté. C'étaient des pratiques.

— Écrire quoi ? Le sujet, c'est important.

— Les sujets, ça doit sortir de toi. Comme la graine qui devient une tomate ou une laitue. Tu veux savoir si tu es un écrivain ? Eh bien, écris. Et tu sauras si ça te plaît vraiment, faire des livres. Si tu ouvres ton ordinateur et tu ne sais pas quoi écrire, oublie ça. Il y a des tas d'autres choses intéressantes, dans l'existence. L'important, c'est de vivre. Ce qui compte, c'est ta vie. C'est ça, ta matière brute. Pour fabriquer de bons meubles, il faut du bon bois et de bons outils.

— Oui, mais vivre quoi ? insiste Daniel.

— Tu vis pour vivre, par pour écrire ta vie. Tu vis ce qui te plaît. Et aussi des choses qui te déplaisent. Avec intensité. Avec appétit. À ta faim, quand c'est possible. Quant à savoir si tu as le goût et le talent d'en tirer des livres… C'est une vocation : tu l'as en toi ou tu ne l'as pas. Commence par écrire quelques histoires, juste des brouillons, et tu sauras si tu as vraiment la flamme de l'écrivain.

Daniel aimerait poursuivre la conversation, mais il a l'impression d'avoir suffisamment accaparé l'attention de Jacques. On est déjà en train de servir le thé, le café, les tisanes. C'est alors que Claude s'approche de Boris :

— Merci de nous avoir invités.

— Dewi en a tout le mérite.

— Je voulais vous demander… Vous savez, ces loups…

— Autant que je sache, on n'a jamais vu que des chiens.

— Moi, c'était un loup. Et même pire ! Je vois encore ses yeux rouges, ses mâchoires pleines de sang, j'entends ses rugissements…

— Et du feu qui lui sortait par les narines, je suppose, dit calmement Boris.

Daniel et Gustave pouffent de rire. Claude leur lance un regard meurtrier.

— Bon, j'exagère peut-être un peu, mais c'était une bête effrayante. Alors, avec

André et quelques autres, on a décidé d'en finir.

— Bonne chance ! Et en quoi ça me concerne ?

— Eh bien, voilà. On est sûrs qu'ils rôdent autour d'ici. On veut vous demander la permission de venir faire un tour de temps en temps. Nous sommes de très bons chasseurs. Tôt ou tard, nous les aurons.

Boris le regarde froidement :

— Non.

Claude s'attendait à cette réponse. André a dit qu'Octave aussi avait refusé.

— Ces bêtes sont dangereuses, affirme-t-il. Il faut s'en débarrasser. On vous demande seulement de nous laisser faire le travail nous-mêmes. C'est pour le bien de tous. Pour que nos enfants et nos femmes puissent de nouveau sortir en sécurité.

L'air pensif, Boris allume une cigarette.

— On ne vous dérangera pas, insiste Claude. Votre maison n'est pas encore construite. On viendra quand il n'y aura personne.

— Je vais te dire une chose : chez moi, c'est chez moi. On ne me marche pas sur les pieds. Je n'ai jamais tué personne avec plaisir, mais je n'ai pas hésité à le faire quand on me dérangeait trop. Si je vois des gens armés sur ma propriété, je les abats, c'est tout. Sans le moindre remords.

Claude pâlit. Quand Boris affiche son visage de pierre, il fait encore plus peur qu'un loup. Et maintenant il sourit, aussi brusquement :

— Oublie ça et buvons un verre à la santé des loups !

Boris se sent fatigué. Il n'est pas habitué à avoir autour de lui autant de gens qui bougent, qui parlent, ça lui donne mal à la tête. Il s'approche du lac. C'était beau de voir tous ces jeunes dans l'eau. Daniel le rejoint.

— Je me demandais… As-tu vraiment tué des gens ?

Boris éclate de rire.

— Je ne sais pas. Je pense que oui. Quand je travaillais dans des camps miniers, en Afrique centrale, on a parfois été attaqués. J'ai tiré. Je ne suis pas allé vérifier. Ce ne sont pas des souvenirs réjouissants. Une bataille, c'est toujours moche. Tuer, c'est dégueulasse. Mais rassure-toi. J'ai seulement voulu faire peur à Claude. Je n'ai même pas de fusil.

— Claude, André et les autres sont très sérieux, tu sais. Ici, la chasse, c'est dans les mœurs. Avec ou sans permis. Et la police aura surtout de la sympathie pour les chasseurs.

Serge, Geneviève et Linda les rejoignent aussi.

— Je voulais vous remercier, dit Geneviève. C'est bien de protéger ces loups.

— Je fais ce que je peux. Daniel pense qu'on ne pourra pas empêcher les gens de les tuer. Il a sans doute raison.

— Au moins, dit Linda, on saura enfin si ce sont des loups ou des chiens.

— Ou des loups-garous, ajoute Boris en regardant Serge et Geneviève avec un sourire malicieux. Vous croyez vraiment en être ?

— Comment savez-vous que…?

— Je vois tout et j'entends tout. Si on tue des loups-garous, c'est peut-être vous qu'on tuera. Je vois déjà la tête de Lise, de Claude, des autres ! Ils vous trouvent dans vos lits avec une balle dans la poitrine…

Il rit encore, joyeusement. Puis :

— Non, écoutez, c'est un rêve. Votre rêve. Et j'aime les beaux rêves, les grands rêves ! Pour moi, les vrais loups de Masham, c'est vous deux.

Geneviève et Serge échangent un regard embarrassé, comme si on venait d'étaler au grand jour leur secret intime.

— Si on ne fait rien, note Daniel, on ne connaîtra jamais la nature de ces bêtes.

— On ne peut pas tout savoir, dit Boris. C'est comme la vieille planche que j'ai ramassée sur mon terrain. Toutes ces coches, ces X, ces O… Qui a fait ça ? Pourquoi ? À quelle époque ? On ne le saura jamais.

— Euréka ! s'écrie Linda.

Tous se tournent vers elle, stupéfaits.

— Euréka, ça veut dire : J'ai trouvé. Ça fait des jours que j'y pense. Depuis que j'ai vu ce film…

— Un film de loups-garous ?

— Non, c'était un policier. Je regarde toujours le générique. Jusqu'à la fin. Dis, tu l'as encore, cette planche ?

— Je l'ai laissée chez Jacques.

Daniel se souvient de ce bout de bois qu'il a vu dans le bureau de Jacques. Geneviève et Serge s'en souviennent aussi.

— J'aimerais la revoir, dit Linda. Je pense que c'est important.

Les gens ont commencé à partir à cinq heures. Jacques rentre chez lui, avec Manon.

Boris, Dewi, Jade et Linda les rejoignent bientôt. Linda s'est montrée très persistante. Pour les adolescents, tout est urgent et important, et elle tenait à revoir la planche tout de suite.

Linda admire la vue. Les grandes fenêtres du salon donnent sur le lac. Les murs sont couverts de tableaux intéressants. Sur les meubles et les rayons, elle remarque un grand nombre d'objets hétéroclites. Manon a plaisir à lui en parler :

— Ça, c'est une gazelle malienne. Là, une marionnette javanaise. Ce fossile a cinquante millions d'années. Ici, c'est un morceau de météorite. Ça, un masque maya. Ce petit bonhomme de fer, les fermiers sénégalais l'enterrent pour avoir une bonne récolte. Ça, c'est inuit. Là, un totem des Marquises.

— C'est beau, ici, s'exclame Linda, émerveillée. Et toutes ces choses… J'aimerais vivre dans un endroit pareil.

— J'en doute, dit Boris, amusé. Une maison comme ça, c'est trente ans de travail. Trente ans à économiser pour te la payer. Ces objets, c'est trente ans de voyages. Pour tout avoir d'un coup, tu dois hériter. Ou épouser de vieux barbons comme nous, ce qui n'est pas intéressant.

— C'est vrai, dit Manon. Tu as la chance, à ton âge, de commencer à zéro. Et de commencer à te constituer un environnement qui te plaît.

Jacques remonte du bureau avec la planche de Boris. Linda l'examine attentivement.

— C'est la même que dans ton film ? demande Jade.

— Le film, ce n'est rien. C'était le générique. À la fin, on donnait l'année en chiffres romains. Là, la planche est à l'envers. Ça, c'est un V inversé. Là, ce n'est pas un O, c'est un C. Avez-vous un bout de papier ?

Elle remet la planche du bon côté et note alors : XXVXIVICIVILII.

— Non, ce n'est pas ça. Ces deux V ne sont pas des V, ce sont des M.

Elle récrit : XXVXMCMLII.

— Bingo ! C'est une date. Comme dans le générique. Ça m'a quand même pris du temps à y penser.

Jacques et Boris échangent un regard bien étonné. Pour eux, c'était une planche couverte d'entailles.

— Tu es bien extraordinaire, Miss Marple, dit Boris, affectueusement.

— Mais la date de quoi ? demande Dewi.

— Le 25 octobre 1952. Alors, c'est Wilfrid qui l'a écrite. Octave m'a dit qu'il avait passé un an au Petit Séminaire. Il a appris le latin. Dis, Boris, tu te souviens de l'endroit où tu as trouvé la planche ?

Cette date ? Wilfrid ? Le Petit Séminaire ? Linda parle comme un ouragan.

— Je pense, oui.

— Il faut y aller. Tout de suite.

— Ce n'est pas possible. Il commence à faire sombre et je dois te conduire chez tes parents. Et demain, nous allons à Montréal. Lundi, après les cours ?

Linda pousse un long soupir attendrissant. Deux jours à attendre !

— Bon, lundi. Je t'attendrai devant l'école, à trois heures.

— Je veux y aller, moi aussi, dit Jade. On te prendra chez toi à quatre heures.

17

UN TAS DE ROCHES

L E LUNDI APRÈS-MIDI, BORIS ET JADE ARRI-
VENT CHEZ LINDA À QUATRE HEURES,
COMME PRÉVU. DANIEL AUSSI EST LÀ.
André a tenu à les accueillir :

— Je voulais te dire, Boris… Je ne sais
pas ce que les autres feront, mais moi, je
n'irai pas chasser chez toi.

Boris hoche la tête.

— Claude est très déterminé, ajoute
André. Bobby aussi. Il veut élever des autruches et ça l'inquiète qu'il y ait des loups
autour. Surtout qu'une de ces bêtes a déjà
visité l'enclos. Je ne peux pas les empêcher
de faire ce qu'ils veulent. Au moins, ils savent qu'ils ne doivent pas compter sur moi.

— C'est bien. Ces gens, je ne les connais
pas. S'ils en parlent encore, tu leur diras
qu'il vaut mieux ne pas venir chez moi sans
être invité. Ça pourrait me fâcher.

André sent un frisson dans le dos. Boris
ne réagit pas comme tout le monde. Il trou-

verait bien risqué de prendre à rebrousse-poil un homme aussi imprévisible.

— Daniel peut venir avec nous ? demande Linda.

— Bien sûr. Les Trois Mousquetaires sont toujours ensemble.

L'amitié qui unit Jade, Linda et Daniel le touche beaucoup.

— J'ai dit à Serge et à Geneviève qu'ils peuvent aussi venir. Est-ce que ça dérange ?

Elle a hésité avant de le mentionner. Elle a encore du mal à s'habituer à Boris. Jade dit qu'il porte toujours des masques, et bien malin qui peut savoir ce qu'il pense, ce qu'il ressent vraiment. Même quand il semble souriant et détendu, ce qui lui arrive depuis qu'il a commencé à se construire une maison, il peut afficher à tout moment un air glacial qui fait peur.

— Mais non, dit-il, c'est même une bonne idée. D'ailleurs, nous prendrons Jacques en passant. Lui aussi, ça l'intéresse.

Manon aurait voulu les accompagner, mais elle a une semaine très chargée. Même si elle a pris sa retraite, elle accepte encore des contrats, généralement reliés à des missions commerciales au Japon.

Jade éclate de rire.

— C'est drôle, dit-elle. Je pensais à des romans d'Agatha Christie. Souvent, à la fin,

Poirot convoque tous les suspects et identifie le coupable durant la réunion.

— Je t'assure, on ne trouvera pas de coupable sous un tas de roches. D'autant plus qu'il n'y a pas eu de crime.

— Ça, je n'en suis pas sûre, déclare Linda.

Plus il la connaît, plus Boris aime cette fille curieuse de tout, dont les méninges fonctionnent bien.

— Cette planche aurait pu se trouver n'importe où. On l'a jetée là après s'en être servie.

— Je pense que ça vaut le coup de chercher. Ce n'est pas une planche ordinaire : c'est une date. Et pas une date ordinaire. D'après Octave, c'est le jour où Wilfrid et les autres ont tué le loup et ses louveteaux. Pour moi, c'est un crime.

— Tuer un loup et ses petits, ce n'est pas beau. De là à y voir un crime…

Linda n'ose pas entamer une discussion. Jade, qui est bien au courant de l'histoire, se porte à sa rescousse :

— S'ils n'avaient pas tué ce loup, la louve n'aurait pas eu à les venger. C'était donc l'élément déclencheur. Avec au moins quatre morts.

— La criminelle, c'est alors la louve, note Daniel. Avec bien des circonstances atténuantes ! J'ai beaucoup de sympathie pour elle.

Ils gardent le silence, songeant à la tuerie initiale et à la terrible riposte de la louve. Même cinquante ans après les événements, le drame demeure vivant.

— Grâce à Linda, dit Jacques, nous savons que la planche donne une date. C'est déjà un indice. Si elle a vraiment été gravée par ce Wilfrid, il s'agit d'une dalle, d'une plaque tombale. C'est ce qui m'intrigue.

— Linda a généralement raison, rappelle Boris. Nous verrons si elle est tombée juste.

Il entre déjà dans sa propriété et aperçoit deux voitures au bord du lac. Serge et Geneviève ne sont pas venus seuls. Octave et Lise les accompagnent.

— Agatha Christie, vraiment, dit Boris en souriant. J'espère que ce sera tout.

— Serge m'a tout raconté, explique Octave. J'ai eu envie de venir. Je me fatigue vite, mais je ne vous retarderai pas. Et puis, j'ai ma canne.

— Tu es toujours le bienvenu. Et nous ne sommes pas pressés. Faisons quand même attention. Il y a peut-être des cocos avec des fusils dans les bois.

— J'en doute, dit Serge.

La veille, Claude a invité André à prendre une bière. Serge s'est joint à eux.

— Il faut se décider, déclara Claude. On ne va pas se croiser les bras pendant que les loups nous envahissent. Si on ne leur résiste pas, ils se croiront chez eux.

— Octave ne veut pas qu'on chasse chez lui, dit André. Boris non plus. Ce sont mes amis. Moi, je ne veux pas les indisposer.

— C'est chez eux qu'on a aperçu ces bêtes le plus souvent. C'est là qu'ils ont leur tanière. Du moins, c'est là qu'ils habitent, j'en suis sûr. Pour l'instant, Octave et Boris ne sont pas souvent là. Alors, ça ne les dérangera pas.

— Arrange-toi avec Bobby et les autres. Moi, je n'y touche pas.

— Tu as peur des loups ou de Boris ?

— Tu ne me prendras pas par les sentiments. Ces bêtes s'en iront d'elles-mêmes un jour ou l'autre.

— Pas si on ne fait rien pour les chasser d'ici. S'il le faut, j'irai seul. Les loups, ce n'est pas plus dangereux que des ours. Tu viendras avec moi, Serge ? Octave dit que tu es un bon chasseur.

Serge a pensé à Reflet de lune, si belle. Si féroce avec Octave et si affectueuse avec lui. Il y avait toutefois un meilleur argument :

— Ces loups sont d'une espèce très sauvage. Tu sais comment ils ont tué le grand-père d'Octave et les autres. J'ai vu la louve sauter sur Octave. Parce qu'il lui tirait dessus. Toi aussi, tu l'as vue de près. Y aller seul, ce n'est pas prudent.

Claude a pâli, les bras tremblants, la chair de poule.

— Ces bêtes n'attaquent que pour se défendre, poursuivit Serge. Et elles sont très intelligentes. Elles reconnaissent un fusil. Je ne donne pas cher de la peau de ceux qui essaieront de les traquer.

— Si on y va à plusieurs…

— Elle vous aura les uns après les autres. Et on connaît au moins deux loups dans la région. Je crois bien qu'il faudra s'habituer à eux.

— Eh bien, moi, les loups ne me font pas peur ! s'écria Claude. Un de ces jours, je vous montrerai leurs carcasses !

Des bravades. Quand il est rentré dans la maison, après sa rencontre avec la louve, ses pantalons puaient l'urine. Serge est convaincu que Claude ne fera rien. Ni seul ni avec d'autres.

❦

Ils marchent depuis vingt minutes. Boris commence à hésiter.

— Ce n'est pas facile. C'est bien autour d'ici. Une petite clairière.

— Si on va plus loin, on tombe dans le champ de fraises, dit Serge.

— Quand on vous a aperçus, se souvient Lise, vous étiez au bord d'un champ.

— Je venais de trouver la planche. Tu te souviens de quelque chose, Jade ?

— Pas vraiment. On marchait un peu au hasard. J'avais remarqué deux ou trois souches. Tu as dit qu'un castor avait coupé ces arbres.

— Dans ce cas-là, dit Octave, il faudrait se rapprocher du ruisseau. Il y avait un barrage, dans le temps.

Ils retournent sur leurs pas, bifurquant vers la gauche. C'est un terrain irrégulier, avec des élévations et des escarpements. Geneviève et Serge s'arrêtent brusquement près d'un ravin qui donne sur une crique et se dévisagent, perplexes.

— Tu as remarqué, toi aussi ? murmure-t-il.

— Oui. Comme un appel, dit-elle à voix basse.

Ils examinent la crique, en ce moment à sec. Sans doute ne se remplit-elle qu'au début du printemps, avec la fonte des neiges.

— Nous avons suivi le ruisseau, se rappelle Jade. Ensuite, nous avons contourné une sorte de colline. Avec des bouleaux. Tu m'as montré un gros arbre qui était tombé. C'était un pin.

— Et un ancien sentier. Il y avait un poteau, avec quelques fils de fer rouillés.

— Une clôture ? demande Octave.

— Probablement, mais il y a bien longtemps. Et ce n'était pas aux limites de la propriété.

— Parce qu'avant, raconte Octave, ton terrain était divisé en deux parties. Mais c'était une erreur. Et ça remonte bien loin ! Mais ça me dit quelque chose…

On le suit, faute de mieux. Il marche lentement. Boris se dit qu'ils devraient s'arrêter bientôt pour lui donner le temps de se reposer.

— Là ! s'écrie Jade. Je reconnais ce sapin. Je l'ai trouvé assez spécial.

Le tronc porte deux gros bourrelets à hauteur d'homme.

— Oui, c'est ici que nous avons bu un coca. J'ai fumé une cigarette.

— Et j'ai remarqué un saule, se rappelle Linda.

— Tu as dit qu'il avait sans doute été planté, car ce n'est pas un arbre de forêt.

— Je connais le saule, dit Serge. Il m'aide à me repérer. Là-bas.

Il indique une direction. Bientôt, ils aperçoivent le grand saule pleureur.

— Bon, nous y voici. C'est cette clairière.

— Et voici le tas de roches ! s'exclame Jade.

Ils se sourient, ravis d'avoir réussi à retrouver l'endroit.

— Il y en a trois, note Geneviève.

— Un seul, déclare Octave. Quand on défrichait, on repoussait les roches sur les côtés du champ. Ce tas-là est différent des autres.

— Et c'est bien là que j'ai trouvé la planche. Ça m'a intrigué. Elle dépassait, ce n'était pas normal. J'ai dû enlever quelques pierres pour ne pas l'abîmer.

Ils examinent le tas de roches. Il a bien deux mètres de haut et trois mètres de large à la base. Certaines pierres sont plutôt massives et doivent peser bien lourd. Avec le temps, la terre a rempli les interstices et la végétation s'y est mise, retenant les pierres.

— C'est beaucoup de travail pour enterrer un loup et deux louveteaux, commente Jacques.

— C'était une idée de Wilfrid, rappelle Octave. Il était à moitié indien. Pour lui, c'était plus qu'un loup. Un esprit de la forêt… L'enterrer, c'était une marque de respect. Pour se faire pardonner de l'avoir tué.

— Si c'est bien là, dit Boris. Et il n'y a qu'une façon de le savoir.

Boris et Jacques ont apporté des pioches. Serge et Daniel, des pelles. Ils enfilent des gants de travail et se mettent au boulot. Des pierres s'arrachent facilement. D'autres exigent un effort considérable et il faut se mettre à plusieurs pour les déplacer.

Octave s'assoit par terre, l'air grave, plongé dans ses souvenirs.

Une heure plus tard, Boris et Jacques s'arrêtent pour fumer une cigarette. Ils ont enlevé le gros des roches, jusqu'à quelque cinquante centimètres de haut.

— Une technique intéressante, commente Jacques. Ils ont couvert les cadavres de pierres plus petites, puis ils ont mis les plus lourdes dessus.

— S'il y a des cadavres, précise Jade.

— En effet, c'est peut-être juste un tas de roches. Mais, comme dit Linda, pour savoir, il faut chercher.

— J'avoue que ça commence à me gêner, murmure Lise. Violer une sépulture…

— Si on trouve des os, un biologiste pourra dire s'il s'agit d'un loup ou d'un loup-garou, lance Boris, amusé.

— Oh ! ce n'est pas drôle.

— Après cinquante ans, on risque aussi de ne rien trouver, dit Serge.

Ils se remettent au travail. Ils laissent maintenant les pioches de côté et retirent les pierres à la main, une par une, s'aidant parfois de la pelle.

— Ça, ce n'est pas une roche, note Boris.

Ils s'approchent. C'est bien un os.

— Moi aussi, de ce côté, dit Daniel.

— Allons-y doucement. Comme des archéologues.

— Merde ! s'écrie Boris.

Il ne lui arrive pas souvent de jurer. Jade lève la tête.

— Tu t'es blessé ?

— Non : j'ai trouvé.

Il dégage soigneusement une sorte de pierre arrondie, sans l'extraire.

C'est un crâne. Un crâne humain.

Il a parfois vu des charniers en Afrique et ça ne le fait pas sourciller. Méthodiquement, sans se presser, il retire des pierres autour de la clavicule et des omoplates. Les vertèbres se sont écrasées sous le poids des roches. Jade et Daniel lui donnent un coup de main, enlevant des pierres une par une.

— Bon, arrêtez. Ils l'ont couché sur le côté, en chien de fusil. Ça, c'est l'os iliaque, en bon état. Un tibia, un peu abîmé. Le squelette a l'air complet.

— Ce n'est pas tout, dit Geneviève, la voix rauque. Il y en a un autre. Si petit…

Elle montre un deuxième crâne, pas plus gros qu'un poing.

— Il doit alors y en avoir un troisième, déclare Linda.

Jacques le trouve bientôt. Tous se regardent, médusés. Cette fois, Linda pense à prendre quelques photos.

— Comment savais-tu qu'il y en avait un autre ? demande Serge.

— Il faut toujours réfléchir, dit Linda. C'est Réal Turcot et les jumeaux.

Tous se tournent vers Octave. Le vieil homme semble désorienté, décontenancé. Il retourne cinquante ans en arrière, essayant de comprendre.

— C'est donc pour ça que Wilfrid…

Il ne finit pas sa phrase.

— Turcot n'a pas disparu, dit Geneviève. Ils l'ont tué. Et les enfants aussi. C'est atroce.

— Ça a pu être un accident, suggère Serge. Ils ne l'aimaient pas, ils ont voulu lui faire peur, et quelqu'un a tiré trop vite. Ensuite, ils ont eu honte. Ou ils craignaient d'être arrêtés pour meurtre. Ils ont alors caché les corps sous les roches.

— Et Pricille Lemoyne a décidé de les venger, ajoute Geneviève.

— Non ! affirme Octave. Mon grand-père a été tué par une louve. J'étais là, je l'ai vue. Euclide et Wilfrid aussi. Il y avait des témoins.

Boris commence à recouvrir les squelettes avec les pierres, prenant garde de ne pas endommager les os.

— Maintenant, c'est une affaire pour la police. J'irai les prévenir, ils viendront sans doute demain. Un médecin légiste pourra examiner les squelettes, trouver des traces de balles, peut-être même découvrir s'ils étaient tous morts quand on les a enterrés.

Depuis que Boris a trouvé le premier crâne, Linda songe à une autre explication. Mais comment oser le dire ? Finalement, elle se décide :

— Vous ne me croirez pas, mais ça ne fait rien. Moi, je pense à autre chose. Supposons, rien qu'un instant, que Wilfrid et les autres ont bien tué un loup et ses petits. Si c'étaient des loups-garous, ils ont pu reprendre leur forme humaine.

— C'est absurde, proteste Linda.

Jacques lui fait signe de se retenir, afin de ne pas embarrasser Lise. À quoi bon dis-

cuter ? Qu'on croie en Dieu, aux extraterrestres, à la réincarnation, aux horoscopes
ou aux loups-garous, on trouve toujours
moyen de nourrir ses convictions.

— Maintenant, tranche Boris, on lais-
sera le travail aux experts. Ils pourront dater
les squelettes, et peut-être les identifier.
Ils pourront analyser l'ADN des os, si c'est
encore analysable. Vérifier s'il s'agit de
jumeaux avec leur père. Je ne pensais pas
avoir acheté une nécropole ! Pour moi, c'est
une journée assez remplie.

— On peut y ajouter un bon cigare et
un verre de scotch, propose Jacques.

— Bonne idée ! Quand j'aurai reconduit
notre détective en chef chez elle.

— Moi aussi, j'ai besoin de repos,
déclare Octave. Tu me ramènes, Lise ?

Geneviève et Serge n'ont pas suivi le
reste du groupe. D'un commun accord, sans
même en parler, ils retournent vers la crique.

— C'était là, dit-elle. J'ai aussi senti une
odeur.

Ils avancent jusqu'au bord du ravin,
se tenant par la main.

Et ils restent immobiles.

En bas, à moins de vingt mètres, deux loups les observent.

— Reflet de lune…

— Éclat de soleil…

Les deux bêtes ne bougent pas. Flanc contre flanc, elles regardent intensément le couple.

— Elle a trouvé son loup… murmure Geneviève.

— Il a trouvé sa louve…

Ils se dévisagent, émus. Le loup lance alors un aboiement tranquille, presque étouffé, presque affectueux, dans leur direction. La louve en émet un autre, en les contemplant, puis les deux bêtes leur tournent le dos et s'enfoncent dans la forêt.

— Qu'ils sont beaux, tous les deux, murmure Serge.

— Tu sais à quoi je pense ? Quand vient la saison des amours, les baleines traversent des océans pour se rendre à l'endroit où elles trouveront leur partenaire.

— D'autres bêtes font ça aussi. Je crois bien que Reflet de lune et Éclat de soleil sont venus ici pour ça.

— Ils reprennent maintenant la route du Nord. Ensemble.

Tout à coup, Geneviève regarde Serge avec un sourire tendre, affectueux. Puis, subitement, impulsivement, elle lui lèche la joue. Il la dévisage, surpris, et l'embrasse sur la bouche. Pour la première fois. C'est très bon, très doux.

— Nous, dit-elle, nous pouvons rester à Masham.

— N'importe où, ma belle louve. Avec toi.

Dans la collection Graffiti

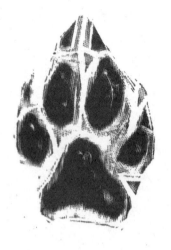

Imprimé sur du papier 100 % postconsommation, traité sans
chlore, accrédité Éco-Logo et fait à partir de biogaz.

Achevé d'imprimer
sur les presses de Marquis Imprimeur
en août 2006